D1873681

Wickenhäuser

Gräben der Worte

Ruben Philipp Wickenhäuser

Gräben der Worte

esslinger
edition

Ebenfalls von Ruben Philipp Wickenhäuser:

Mauern des Schweigens
ISBN 3-480-20400-7

Die Drachen kommen
ISBN 3-480-20569-0

© 2001 Esslinger Verlag J. F. Schreiber · Esslingen, Wien
Anschrift: Postfach 10 03 25, 73703 Esslingen
Alle Rechte vorbehalten. (14735)
Umschlag: Joachim Knappe
ISBN 3-480-21509-2

Inhalt

Der Junge war aus Bamberg unbehelligt hinausgekommen. *Brav hatte er wenig später den Brückenzoll bezahlt. An den einfachen Höfen der Theuerstadt war er vorbeigeritten und in den Hochmoorwald eingetaucht. Nur wenige Reisende waren ihm auf der schlammigen Straße begegnet. Er ahnte nicht, dass er verfolgt wurde.*

Nun kroch die Nacht über den Wald. Nachdem er sein Pferd an einen Baum gebunden hatte, zerrte er einen Kanten Brot und Käse aus seiner Gürteltasche und wickelte sich nach dem kargen Mahl in seine Decke. Schlecht schlief er, denn ein weiches Federbett war er gewohnt.

Ein Knacken schreckte ihn aus seinen Träumen. Der Junge murmelte einen leisen Fluch und drehte sich herum. Bei den ganzen Geräuschen des Waldes würde er niemals ruhig schlafen können! Jetzt drückte ihn auch noch hier eine Wurzel, dort ein Stein. Er wünschte sich heim in sein Bett.

Aus dem Wald drang ein Wispern. Dann erklang der Laut von neuem, näher diesmal. Schlafen kann ich für heute vergessen, dachte der Junge verärgert. Unwillkürlich lauschte er – und war mit einem Schlag hellwach. Er hatte Worte gehört. Geflüsterte Worte, zu leise, um von ihm verstanden zu werden, aber eindeutig Worte. Das Wispern war kein Geräusch von Tieren oder Blättern gewesen. Es stammte von Menschen.

Seine Handflächen wurden feucht. In den Ohren hörte

er das Blut rauschen, als er angestrengt horchte. Da waren auch Schritte. Ganz langsame Schritte, die sich bemühten, auf dem Waldboden keinen Laut zu verursachen. Da schlich sich jemand an ihn an!

Und dieser Jemand war nicht mehr weit weg. Er starrte in die Finsternis, sah jedoch nur die Baumstämme, die in einen sternenklaren Himmel aufragten. Eine Armlänge von seinem Ohr entfernt hörte er es rascheln. Sein Körper spannte sich bis in die letzte Faser. Plötzlich war da ein Schatten, ein dunkler Umriss im Streu der Sternenstraße.

Jetzt!

Er fuhr aus seiner Decke und sprang hoch, zu seinem Pferd, buchstäblich im letzten Augenblick. Sie waren schon fast über ihm: mehrere Schemen von Männern, die Gesichter durch Kapuzen verhüllt, kaum mehr als dunkle Schatten.

Einer von ihnen griff nach dem Jungen, gerade, als er sein Pferd erreicht hatte. In blinder Verzweiflung stieß er mit dem Ellenbogen nach dem Verfolger und traf ihn in den Magen. Der Mann ließ von ihm ab.

Es gelang ihm noch, auf das Pferd zu springen, da sah er sich von den Gestalten umzingelt. Verzweifelt riss er das Pferd herum. Einer griff nach ihm und bekam seinen Knöchel zu fassen. Der junge Reiter versuchte, ihn abzuschütteln, doch der Griff des Mannes war fest und zerrte an seinem Fuß. Ein Ast peitschte dem Jungen quer über die

Brust, als das Pferd auf den Zug reagierte und herumschwenkte. Mit der Kraft der Verzweiflung klammerte sich der Junge am Hals des Tieres fest und rutschte doch Stück für Stück in Richtung seines Gegners. Gleich würde er hinunterstürzen.

Sein Gegner wartete nicht so lange. Er zog ein Messer hervor. Ein weiterer Kapuzenträger trat mutig vor und griff nach dem Halfter des Pferdes, um es ruhig zu halten. Gerade, als der andere sein Messer gegen die Hüfte des Jungen bringen wollte, langte der Mann zu hoch und stieß ungewollt mit der Hand in das weiche Zahnfleisch unter den Lippen des Tieres. Das Pferd wieherte erschrocken, bäumte sich auf, schlug aus und traf jenen, welcher nach den Zügeln gegriffen hatte.

Die Kapuzenträger wichen vor den wirbelnden Hufen zurück. Der Junge fühlte, wie sein Bein entlassen wurde. Es wurde auch höchste Zeit: Das Pferd gebärdete sich wie wild. Immerhin konnte der Junge sich festklammern. Doch unter Kontrolle hatte er das Tier damit noch lange nicht. So blieb ihm nichts anderes übrig, als es zur Flucht anzutreiben und zu hoffen, dass es hinaus auf die Straße rannte. Das Pferd leitete seine ganze Erregung in einen explosionsartigen Galopp und durchbrach die Reihe der Kapuzenträger. Knapp wurde der Junge von einem Knüppel verfehlt. Zweige peitschten ihm um die Ohren, obwohl er sich tief niederduckte. Hinter sich hörte er Schreie.

Wenn das Pferd in der Dunkelheit nur nicht stolperte!, schoss es ihm in den Sinn. Mit etwas Pech, wenn das Ross sich tiefer in den Wald verrannte, würden die Männer ihn zu Fuß einholen können. Seine einzige Hoffnung war die Straße.

Ein Ast schlug gegen seinen Oberarm. Heißer Schmerz durchflutete seine Muskeln, aber er löste den Griff nicht und ertrug die Qual.

Und dann waren da plötzlich keine Zweige mehr. Der Junge riss den Kopf hoch. Das Pferd war auf die Straße gelaufen. Beinahe hätte er aufgejubelt und schlug dem Tier die Hacken in die Flanken.

Hinter ihm sprangen die Verfolger auf die Straße. Einer von ihnen hob einen Bogen. Der Junge bot im Schummerlicht des Mondes ein schlechtes Ziel, war er doch kaum mehr als ein kleiner, tief über sein Pferd gebeugter Schatten. Gleich würde er eine Kurve erreicht haben und damit vor Pfeilen in Sicherheit sein. Entweder der Mann schoss jetzt, ohne richtig gezielt zu haben, oder er schoss gar nicht. Das Pferd griff weit aus und kam der Kurve immer näher. Gleich würde es einschwenken …

Der Mann schoss. Im selben Augenblick erreichte der Junge die Biegung und riss sein Pferd herum, damit es der Straße folgte. Einige wenige Herzschläge noch, dann wäre er hinter dem Gebüsch der Kurve in Sicherheit. Einige wenige Herzschläge, in denen der Pfeil die Entfernung zwischen Jäger und Opfer überwinden musste. Doch der Wettlauf zwischen Pfeil und Opfer entschied sich für den Pfeil.

Die Kapuzenträger sahen, wie die Gestalt auf dem Pferd getroffen wurde. Dann waren Pferd und Reiter hinter der Biegung verschwunden.

Eilig ließ der Bogenschütze einen neuen Pfeil aus dem Köcher hervorgleiten, während sie losliefen. Sein Kamerad, der den Jungen beinahe abgestochen hätte, fuchtelte mit dem Messer. Der Kerl wird mit gebrochenen Gliedern gleich hinter der Kurve liegen, dachte der Messerträger grimmig. Nur hoffentlich hat der Pfeil ihn nicht umgebracht, damit ich meinen Spaß haben kann.

Als Erster sprang der Bogenschütze mit schussbereiter Waffe hinter den Büschen der Biegung hervor und wurde vom Messerträger angerempelt, der an ihm vorbeistürmte, um sich auf den Jungen zu stürzen, der dort im Schlamm liegen musste.

Doch im Licht des Mondes bot sich ihnen der Weg schweigend und verlassen dar. Dort, wo das Pferd entlanggaloppiert war, glitzerten Wassertropfen im aufgewühlten Straßenlehm. Von dem getroffenen Reiter jedoch fehlte jede Spur. Der Junge hatte sich halten können und war längst hinter den nächsten Biegungen verschwunden.

Der Messerträger brüllte einen Fluch in die Nacht.

Auf dem falschen Weg

Ein Kanten Brot wurde Martin unter die Nase gehalten.

»Hier, iss!«

Geistesabwesend nahm er das Brot und eine Zwiebel und starrte vor sich hin. Sie hockten hinter ihrem Karren, umgeben von der abendlichen Dämmerung des Waldes, aus dem die Geräusche der Nacht herüberschallten: einsame Vogelrufe, das Stöhnen der Kiefern, gelegentlich auch ein Rascheln wie von Schritten. Die Sonne war längst untergegangen, und die Dunkelheit nahm rasch zu. Ihr Begleiter, der auf seinem Pferd stets vorausritt und sie warnte, wenn Fremde auf der Straße erschienen, saß abseits. Ortlieb seufzte.

Sie hatten absichtlich hier gehalten, fernab der üblichen Lagerplätze, am Rand des Weges nach Schweinfurt. Noch fürchtete Ortlieb, dass ein Reisender zufällig den Jungen erkennen könnte, den er bei sich hatte. Denn dieser Junge mit Namen Martin wurde in Bamberg gesucht, in jener Stadt, aus der der Händler ihn gerade hinausgeschleust hatte. Er wurde gesucht wegen ketzerischer Umtriebe.

Ortlieb beobachtete, wie Martin mit düsterem Blick ein Stück vom Brot abriss und es zerkaute. Die Tränen des Jungen waren getrocknet. Beinahe hätten sie ihn bekommen, die Büttel der Stadt, so, wie sie seine Mutter und seinen Bruder gefangen genommen und in den Kerker geworfen hatten. Ortlieb empfand Mitleid. So jung, wie Martin noch war, hatte der Schneiderlehrling ein besseres Schicksal verdient, dachte er. Aber so war das Leben.

Martin biss in die Zwiebel, verzog das Gesicht unter dem scharfen Geschmack, der ihm in die Mundhöhle stach, und spürte, wie seine Augen zu tränen begannen. Und das war gut so: Wenigstens hatte er nun einen Vorwand, konnte er der Zwiebel die Schuld geben, wenn Tränen seine Wangen hinabrannen. Ortlieb respektierte Martins Trauer und wickelte sich stumm in seine Decken.

In der Nacht brütete Martin über das Geschehene nach. Er fühlte sich hundsmiserabel. Obwohl er genau wusste, dass er seiner Mutter nicht hätte helfen können, im Gegenteil sofort selbst eingekerkert worden wäre, kam er sich wie ein Feigling vor. Er sehnte sich nach ihr und wurde gleichzeitig von tiefen Schuldgefühlen geplagt: war er selbst es doch gewesen, der sie durch Unvorsichtigkeit ins Gefängnis gebracht hatte, und seinen kleineren Bruder gleich dazu. Weil er hatte herausfinden wollen, wer seinen Vater ermordet hatte. Er selbst, er hatte seine eigene Mutter in den Kerker gebracht!

Martin stöhnte. Immer wieder redete er sich ein, er könne doch gar nichts dafür, er hätte ja nicht wissen können, dass so etwas Furchtbares passieren würde; aber das erschien ihm wie eine billige Ausrede. Er war schuld daran, dass die Bamberger seine Mutter Kordula und seinen kleinen Bruder Thomas als Ketzer verurteilt und seine Schwester Helena zu den Dominikanerinnen gebracht hatten. Er ganz allein, das wusste er genau. Er hatte mit seinen dummen Nachforschungen über den Mord an seinem Vater die Mächtigen der Stadt aufgeschreckt, und die hatten reagiert, indem sie seine ganze Familie der Ketzerei bezichtigten. Und dann hatte ausgerechnet er, dem das Ganze gegolten hatte, entkommen können. Am liebsten wäre er zurückgerannt und hätte sich gestellt. Dass das weder etwas bewirken würde noch möglich war, steigerte seine Qualen nur noch mehr. Ächzend wand er sich in seiner Decke.

Wenigstens eins konnte er tun: nicht einfach nach Schweinfurt gehen und dort weiterleben, als wäre nichts geschehen. Nein. Nach Nürnberg musste er.

Und plötzlich war alles klar. Martin drehte sich auf den

Rücken und presste die Lippen aufeinander. Nach Nürnberg! Dorthin, woher sein Vater, der Schneidermeister Chunrad Gunrab, gekommen war, als man ihn auf dem Rückweg ermordet hatte. Bamberg schied aus, Schweinfurt war nutzlos, Nürnberg aber barg Hoffnung. Vielleicht konnte er dort den wahren Anlass für die Ermordung seines Vaters erfahren und damit einen Weg finden, seine Mutter und seinen Bruder zu befreien.

Große Aufregung verscheuchte jede Hoffnung auf Schlaf. Seine Hände krallten sich in die Decke und waren plötzlich schweißnass. Sein Körper spannte sich wie ein Eibenbogen, seine Augen starrten auf das Fleckenspiel der Sterne über sich.

Nach Nürnberg!

Das war es.

Nach Nürnberg!

Als sie aufstanden, glaubte er, kaum geschlafen zu haben. Vage erinnerte er sich, wie er bis zum allerersten Morgenschimmer mit seinen Gedanken gehadert hatte, und nun, wo es gerade hell geworden war, wurde er geweckt. Schweigend bereiteten sie sich zum Aufbruch vor.

»Morgen Nachmittag sind wir in Schweinfurt«, erklärte Ortlieb vom Kutschbock herab. Fragend blickte er zu Martin hinunter, als der Schneidersohn keine Anstalten machte aufzusteigen.

»Ich gehe nach Nürnberg«, erklärte Martin. Seine Stimme stockte, als er weitersprach. »Nehmt meinen tiefsten Dank für Euere Hilfe und Euere Mühe! Aber ich muss nach Nürnberg. Es geht nicht anders!«

»Nun, nun«, meinte Ortlieb und verfiel in erstauntes Schweigen.

»Kommst du nie hin. Außerdem, sind gleich in Schweinfurt«, begann ihr berittener Begleiter, auf Martin einzureden. Doch Martin starrte zu Boden.

»Ich komm schon irgendwie hin«, murmelte er stur. Der Begleiter machte eine wegwerfende Handbewegung und lachte.

»Sicher, sicher. Auf dem Weg wirst von Bambergern aufgegriffen, und wir dürfen uns die Vorwürfe von unserem Auftraggeber Zacharias anhören. Geld bekommen wir dann auch keins. Nix, du kommst mit! In Schweinfurt, da sehen wir weiter! Aber ich will mich ja nicht in Euere Angelegenheiten mischen. Mein Geld, das will ich!«

»Er hat Recht«, erklärte Ortlieb nach einer Weile und winkte Martin ohne ein weiteres Wort zu sich hinauf.

Einen Augenblick lang schwankte Martin in seiner Entscheidung, bis er klein beigab. Als der Karren losholperte, trat das Bild seiner Mutter in seine Gedanken. Er stöhnte.

Es war ein heißer Tag. Inzwischen waren sie weit genug von der Stadt entfernt, damit der Händler Martin erlauben konnte, sich zu ihm auf den Kutschbock zu setzen: Zuvor hatte er eingezwängt zwischen der Ladung gelegen, damit man ihn nicht sah. Doch er spürte die Erleichterung kaum, die ihm der luftige Platz in der Tageshitze verschaffte. Seine Gedanken kreisten unablässig um Nürnberg. Mit jedem Tritt der Maultiere näherten sie sich Schweinfurt, entfernte er sich von Mutter und Geschwistern, entfernte er sich von der letzten Möglichkeit, seinen Vater zu rächen und ihnen zu helfen.

Was würde Johnathan dazu sagen? Martin erinnerte sich gut, wie sein jüdischer Freund ihm die schreckliche Neuigkeit offenbart hatte, dass Kordula und Thomas wegen Ketzerei verhaftet würden. Er erinnerte sich gut, wie sein Freund ihn mit Gewalt hatte davon abhalten müssen loszurennen. Er erinnerte sich gut, wie der Schmerz seine Verzweiflung gebrochen hatte. Dann hatte Johnathans Vater Zacharias es irgendwie geschafft, Martin bei einem vertrauenswürdigen Händler zu verstecken, der ihn unbemerkt aus der Stadt brachte; und nun war Martin also hier. Sollte es das gewesen sein? Ein kurzes Aufbegehren? Und jetzt fuhr er, der Gerettete, einfach weg?

Martin stöhnte. Er war überzeugt davon, dass sein Freund nicht so schnell aufgegeben hätte. Johnathan hatte ihm nicht zur Flucht verholfen, damit er sich ein feines Leben machte! Und seine Mutter darbte im Schuldturm.

Der Karren holperte einen ausgefahrenen Hohlweg entlang, der von Wällen aus Efeu, den roten Tupfen von Heckenkirschen und den weißen Flocken des in voller Blüte stehenden Holunders flankiert wurde. In Brombeersträuchern, die schwer von Beeren waren, verköstigten sich unzählige Insekten und Vögel. An manchen Stellen standen die Buchen so dicht am Weg, dass ihre Kronen ein in der Sonne grün glühendes Dach über die Reisenden schlugen. Doch Martin hatte kein Auge für die Schönheiten des Sommers. In seinem Kopf war es Winter. Ein verregneter, nasskalter Winter.

Hinter der nächsten Biegung schob sich eine Brücke ins Blickfeld. Dort wartete bereits ein Ochsenkarren an einem kleinen Zollhäuschen.

Sie hielten auf einem großen Platz neben der Brücke und tränkten die Maultiere, während der Händler zum Zollhäuschen ging. Schweigend beobachtete Martin die Tiere, wie sie gierig das Wasser schlürften. Mücken nahmen dem Augenblick zwar seine Ruhe, aber Martin schenkte ihren Stichen kaum Beachtung und schlug geistesabwesend nach ihnen. Nachdem er hingekniet war und mit den Händen selbst ein paar Schlucke genommen hatte, richtete er sich auf und wandte sich ihrem Begleiter zu, der sein Pferd striegelte.

»Fahrt Ihr oft nach Schweinfurt?«, fragte Martin beiläufig und holte ein Stück Brot aus seiner Tasche.

»Zweite Mal«, brummte der Mann und fuhr fort, sein Pferd zu bürsten.

»Aber Händler beschützt Ihr doch oft, oder?«, wollte Martin mit gespielter Neugier wissen. Der Mann senkte seine Bürste und blickte ihn an.

»Händler und ihre Waren zu beschützen ist meine Arbeit. Normalerweise fahren die nach Nürnberg oder Forchheim.«

»Führt von hier denn auch eine Straße nach Nürnberg?«

Der Mann lachte auf.

»Sicher, über Bamberg. Ich rat dir, vergiss es. Du müsstest ziemlich lang nach Süden laufen, nach Burgebrach, auf der Straße dort kämst du um Bamberg herum – aber bis zu dem Ort geht's nur querfeldein. Und du Stadtkind weißt ja sicher nicht einmal, wo Süden ist!« Wieder lachte er. »Kommst nicht nach Nürnberg, gib's auf.«

Martin nickte, trottete ein Stück abseits und hockte sich ans Ufer. Zornig warf er Steinchen ins Wasser. So einfach hatte er sich durchschauen lassen! Aber immerhin hatte ihr Begleiter ihm einen Hinweis gegeben. Nach Süden musste er also!

Eilig half er beim Anspannen des Maultiers, als der

Händler mit grantigem Gesicht zurückkam und irgendetwas von »Zollfreiheit« murmelte. Kurz darauf fuhren sie an dem Zollhäuschen vorbei. Der Händler warf dem Zöllner, der grinsend vor dem Häuschen saß, einen giftigen Blick zu.

Die Hufe der Maultiere schlugen trocken auf den Stein der Brücke. Martin betrachtete geistesabwesend das Band des Flusses, der glucksend unter ihnen hindurchfloss und bald hinter ihnen verschwand. Das Schlagen der Hufe war wieder zu einem Stampfen im Straßenstaub geworden.

Er musste es wagen. Sein Magen schmerzte vor Aufregung. Er musste es einfach wagen! Martin wischte sich den Schweiß von der Stirne, obwohl die Luft nach der flirrenden Hitze auf der Brücke nun, im Schatten der Bäume, wieder angenehm kühl geworden war.

»Wo ist denn Norden?«, fragte er den Händler unvermittelt, als ihr Begleiter ein Stück vorausgeritten war. Ortlieb sah ihn verdutzt an.

»Norden?«, fragte er verständnislos.

»Ja! Woher wisst Ihr denn, wo Norden ist, wenn Ihr an eine Gabelung kommt, zum Beispiel? Und wo Ihr Euch dann hinwenden müsst?«

Ein amüsiertes Grinsen schlich sich auf Ortliebs Gesicht. Mit einem Hieb trieb er die Maultiere an.

»Das steht im Allgemeinen auf den Wegweisern, wo wir hinmüssen«, erklärte er, »dazu muss man die Himmelsrichtungen nicht kennen. Aber ich kann dir trotzdem verraten, wie du herausfindest, wo Norden ist. Die Sonne geht im Morgenland auf, im Osten, und im Abendland geht sie unter, im Westen. Zu Mittag steht sie im Süden.«

Martin überlegte. Seine Handflächen waren feucht geworden.

»Dann ist also … da Norden?«, fragte er und deutete in eine Richtung.

»Dort«, verbesserte ihn der Händler und grinste erneut. »Die Sonne ist dahinten aufgegangen, und gerade war es Mittag, da stand sie hier. Also ist dort Norden.«

»Dort«, wiederholte Martin bei sich. »Und gegenüber ist Süden …«

Der Händler musterte ihn mit einem scharfen Blick.

»Wir werden nicht nach Süden fahren«, erklärte er. »Wir fahren nicht nach Nürnberg, Martin.«

Martin sah sich ertappt und schwieg.

»Morgen sind wir in Schweinfurt«, verkündete Ortlieb, als sie die Maultiere ausspannten und ihr Nachtlager bereiteten.

Sie teilten ihren Lagerplatz mit zwei anderen Händlern, die ebenfalls die Nacht hier verbrachten; es war ein großer, sandiger Platz neben der Straße, auf dem es sogar einen hölzernen Unterstand gab.

Schweigend rollte Martin seine Decke aus. Den beiden

anderen fiel seine Geistesabwesenheit nicht weiter auf, hatten sie ihn doch kaum anders erlebt, und so ahnte keiner etwas von seinem Plan. Er musste sich zwingen, die Augen offen zu halten und zum Sternenhimmel hinaufzuschauen, als es dunkel wurde.

Gespannt horchte er auf den Atem der beiden Männer. Als sie friedlich schnarchten, schlüpfte er aus seiner Decke. Leise machte er sich am Karren zu schaffen, bis er den Beutel mit den Vorräten gefunden hatte, und stopfte sich die Tasche voll mit Wurst und Brot. Eine Lederflasche mit Wasser befestigte er am Gürtel, daneben seine Schuhe. Dann rollte er seine Decke zusammen und hängte sie sich mit Riemen über die Schulter. Noch ein Problem gab es allerdings, über das er sich noch keine Gedanken gemacht hatte. Wenigstens eine Nachricht musste er Ortlieb hinterlassen, irgendein Zeichen des Dankes. Geld hatte er keins und schreiben konnte er auch nicht. Einen Augenblick lang betrachtete er das bärtige Gesicht des Händlers, der friedlich schnarchend dalag. Der Mond zeigte seine Züge in weichem Glanz.

Dann muss ich etwas zeichnen, beschloss er. Er schlich zur Deichsel ihres Karrens, zog sein Messer und ritzte unbeholfen ein Männchen in den Boden sowie einen Pfeil, der auf das wies, was Martin als Nürnberger Wappen zustande brachte. Nachdem er halbwegs zufrieden mit seinem Werk war, holte er einen Sack vom Karren und stellte ihn neben die Zeichnung, damit sie nicht übersehen wurde. In stiller Dankbarkeit drehte er sich ein letztes Mal zu den Schlafenden um.

»Na, wohin des Wegs?«

Erschrocken fuhr er herum. Er war entdeckt! Dabei hatte er schon fast die Straße erreicht. Einer der anderen Händler, der Wache hielt, stand mit geschulterter Armrust hinter ihm.

»Ich … muss hinter 'nen Busch«, log Martin. »Und nachdenken. Kann nicht einschlafen.«

Der Händler blickte ihn scharf an, zuckte dann aber mit den Schultern und wandte sich wieder ab.

»Könnt Ihr …«, Martin schloss den Mund. »Ach, nichts«, erklärte er. »Schon gut.«

Damit trat er auf die Straße.

Nach Süden musste er. Und Süden war dort, einfach links ab von der Straße, das hatte er sich tagsüber gemerkt. Schweigend und weit bot sich ihm eine verkarstete Steppenlandschaft im Mondlicht dar, eingegrenzt von den schwarzen Mauern der Wälder. Martin blickte zitternd zum Mond hinauf, tat den entscheidenden Schritt vom

Staub der Straße ins hüfthohe Gras. Am liebsten wäre er gerannt, so schnell er konnte, damit der Händler ihn nicht doch noch im letzten Augenblick fand und zurückrief; aber selbst seine vorsichtigen Schritte führten immer wieder in Erdlöcher unter dem Gras, die ihn stolpern ließen. Das bleiche Mondlicht gaukelte seinen Augen Trugbilder vor. Gräser fanden ihren Weg unter seinen Kittel und fuhren ihm über die Beine, dort, wo zwischen dem Unterzeug, dem Bruech, und den Hosenbeinen, den Beinlingen, nackte Haut war. Und wenn die Ähren von oben in die Beinlinge rutschten, dann begannen sie, auf den Schenkeln zu jucken.

Geduckt watete Martin durch das verkrautete Gras. Die Straße fiel immer weiter hinter ihm zurück; bald würde der Händler ihn nicht mehr finden können.

Ein Insekt zog mit wütendem Brummen dicht an Martins Gesicht vorbei. Abwehrend hob er die Hand. Nur weiter!

Das Gras wurde mehr und mehr von Gebüsch durchsetzt. Immer öfter hob Martin keuchend den Fuß an, wenn er in Dornen getreten war. Er hielt inne. Die Straße war hinter all dem Gras längst nicht mehr zu sehen, und auch der jenseitige Waldrand war erstaunlich weit weg. Weit genug, dass er endlich in seine Schuhe schlüpfen konnte – ansonsten, ahnte er, wären seine Füße morgen so geschwollen, dass er keinen Schritt mehr tun könnte.

Die Schuhe brachten spürbare Erleichterung. Gleich war er im Wald. Gleich konnte er sich Ruhe gönnen. Er arbeitete sich mühsam durch das Gestrüpp am Waldrand und tastete sich in das Gehölz hinein.

Als es so finster geworden war, dass er selbst die Bäume vor sich nicht mehr erkennen konnte, breitete er die Decke aus und legte sich schlafen.

Lange konnte er kein Auge zutun: Jetzt war er ganz allein. Jetzt gab es niemanden mehr, der ihm helfen konnte. Entschlossen drängte er die Tränen zurück. Zu allem Überfluss gesellte sich zu seiner Einsamkeit Furcht, die tiefe Furcht vor der Finsternis, vor wilden Tieren, denen er schutzlos ausgeliefert war. Selbst als Martin endlich eingeschlafen war, war ihm keine ruhige Nacht vergönnt: Bei jedem Krachen und Knarzen schrak er hoch, schweißüberströmt und mit Herzklopfen. Und am frühen Morgen, noch ehe die erste Helligkeit durch die Wipfel kroch, kamen die Kälte und die Feuchtigkeit und quälten ihn, wie er sich auch drehte. Eng zusammengerollt und mit klappernden Zähnen wartete er auf den Sonnenaufgang, während er sich gleichzeitig fruchtlosen Versuchen hingab, wieder einzuschlafen. Das Warten dauerte ewig.

Und selbst als die Morgendämmerung heranflimmerte, wurde es nicht besser. Martin rappelte sich in die Hocke auf, lehnte sich gegen die Borke einer Kiefer und hielt die Decke eng um seinen Körper geschlungen. Seine Lippen bebten. Der Atem hing ihm in weißen Wölkchen vor dem Mund. Wie bei einem Drachen, dachte er und musste grinsen. Im Gegensatz zu ihm hatte ein Drache allerdings keine Schwierigkeiten mit einem kalten Morgen im Wald, der zündete sich einfach ein Feuer an …

Es kostete ihn einige Überwindung, auf die Beine zu kommen. Doch schließlich wollte er nicht ewig hier bleiben.

Frühstück?, dachte er. Aber er verspürte keinen Hunger. Sein Körper war viel zu sehr mit der Kälte in seinen Knochen beschäftigt. Erste Sonnenstrahlen brachen zwischen den Bäumen hindurch. Nicht mehr lange und es würde warm werden. Bis dahin aber stolperte Martin mit klammen Gliedern durch den Wald.

Paradies und Fegefeuer

ORTLIEB WAR VOR ZORN ROT GEWORDEN.

»Wieso habt Ihr mich nicht geweckt?«

Der andere Mann verzog das Gesicht.

»Woher soll ich wissen, dass Euer Junge ausreißen wollte? Ich hatte bald die Ablösung geweckt und natürlich nicht darauf geachtet, ob er zurückkommt. Euer Kerl hat behauptet, er müsse nur hinters Gebüsch und über was nachdenken. Was kümmert's mich, wenn der dann abhaut?«

»Was es Euch kümmert!«, schnaubte Ortlieb empört. Der andere aber wandte sich seinem Karren zu und half beim Anspannen der Pferde. Ortlieb warf ihm einen wütenden Blick hinterher.

»Herr Ortlieb!«, erklang die Stimme seines Begleiters vom Karren her.

»Na was!«

»Hier sind Zeichen im Sand. Seht!«

Ortlieb ging brummend zu ihm.

»Hier. Jemand hat etwas in den Boden geritzt.«

»Hm. Könnte genauso gut ... aber an was erinnert Euch das?« Ortlieb deutete auf ein dreieckiges Symbol.

»Sieht aus wie ein Schild«, meinte sein Begleiter.

»Ein Schild mit einer geraden Linie in der Mitte, die es in zwei Hälften teilt«, ergänzte Ortlieb. »Die eine Seite ist nicht zu erkennen ... aber auf der anderen sind viele Schrägstriche eingeritzt. Und die stehen im Wappen von?«

»Nürnberg.«

»Richtig.« Ortlieb seufzte. »Der Kerl wird vom Teufel geritten. Er will also tatsächlich allein nach Nürnberg kommen.« Er schüttelte den Kopf. »Also, bis Schweinfurt schaffe ich es auch allein. Ihr reitet nach Bamberg zurück und bestellt dem Zacharias, dass seine Ladung unterwegs nach Nürnberg ist. Beeilt Euch! Reitet sofort los. Hier ist eine Anzahlung für Euere Begleitung!«

Er drückte seinem Begleiter eine Hand voll Münzen in die Hand. Der schwang sich aufs Pferd und eilte zurück nach Bamberg.

Martin blieb stehen. Ein breiter Fluss durchschnitt den Wald wie eine Straße.

Da musste er also hinüber. Der Fluss wirkte ruhig und ungefährlich, aber seit er früher einmal durch die Regnitz hatte schwimmen müssen, am Ufer verfolgt von einem zornigen Bauern, hasste er jeden Gedanken daran. Ihm blieb jedoch keine Wahl. Der Fluss lag zwischen ihm und Nürnberg.

Martin zog den Kittel über den Kopf und streifte Beinlinge und Unterzeug ab.

Nachdem er seine Sachen verschnürt und auf den Kopf gehoben hatte, ließ er sich ins Wasser gleiten. Er hatte Glück: Der Fluss war an dieser Stelle nicht zu tief für ihn. Aber schlammig und voller langer, sich unter Martins Zehen samten anfühlender Wasserpflanzen, das war er. Blätter und allerlei anderes Treibgut des Waldes heftete sich auf seine Haut. Die Strömung streichelte seinen Körper. Ein seltsames Kribbeln überkam ihn.

Mit Mühe erreichte er das andere Ufer, trocknete sich ab, so gut es ging, streifte die Sachen wieder über und setzte seinen Weg fort.

Und immer noch nahm der Wald kein Ende. Er hätte nicht gedacht, dass es so weit bis Nürnberg sein konnte. Martin hockte auf einem Baumstumpf und kaute auf einem Stück Brot herum. Dazu aß er einige Blaubeeren, die in Mengen um ihn herum gediehen. Wenigstens war es inzwischen warm geworden. Während die Hitze das Leben auf den Feldern zur Qual machte, blieb die Temperatur im Wald angenehm.

Nach einer Weile stellte er sich auf die Beine und marschierte los. Mit halbwegs gesättigtem Magen sah die Welt gleich viel besser aus. Tatsächlich begann er, den Wald zu genießen. Er, der er kaum je in seinem Leben in einem Wald gewesen war – höchstens war er mit seinem Vater hindurchgefahren –, begann, das Leben für einen Augenblick zu genießen. Helle Sonnenstrahlen zeichneten glänzende Bahnen zwischen die Bäume, und wo zuvor bedrohliche Düsternis geherrscht hatte, da zeigte sich nun das Leben von seiner prächtigsten Seite. Farne glommen in saftigem Grün, zart wie Glas, Moos ließ den Tau glitzern, und dazwischen ragten beherrschend und mächtig die zerklüfteten fränkischen Kalkfelsen hervor. Zwar erschwerten sie das Wandern mit ihren steilen und bröckeligen Hängen, boten jedoch unvergleichliche Blicke über den Wald, wenn man ihren Kamm erst einmal bestiegen hatte. Manchmal wanderte Martin durch Formationen, die wie alte, verwunschene Festungen aussahen, mit hoch in den Himmel weisenden Türmen und zerklüfteten, senkrecht emporragenden Mauern. Wie ein Traum kam es ihm vor, als er vorbei an moosbesetzten Baumstämmen und durch Seen aus saftig grünem Gras wandelte, das ihm bis an die Knöchel stand. Manche Insel inmitten des braunen Laubs war blau von Salbei, und dort flatterten Schmetterlinge auf, Schwärme, dicht wie Nebel. Er erinnerte sich an Pfarrer Stephanus' Erzählungen vom Paradies, und ja, genau so stellte er sich das Paradies vor. Und er war mittendrin. Es war ein erhebendes Gefühl.

Immer wieder sah er nach der Sonne. Zu Mittag stand sie also genau im Süden. Fragte sich nur noch, wann Mittag war. Am Morgen, als sie im Osten stand, da hatte er sich die Richtung zwar gut eingeprägt, aber nachdem er immer wieder große Ansammlungen von Felsen hatte umgehen müssen, blieb davon kaum mehr als eine vage Schätzung.

Schließlich legte er eine Pause ein und verzehrte Brot und Wurst. Beunruhigt stellte er fest, dass seine Vorräte bereits beträchtlich geschrumpft waren, obwohl er erst seit gestern Nacht unterwegs war. Also musste er sparsamer sein. Weniger essen. Er nahm einen großen Bissen vom Brot, drehte den Rest nachdenklich in den Händen und steckte ihn mit einem Anflug von Bedauern in seine Tasche zurück: Ein wenig hungrig war er immer noch, aber daran würde er sich gewöhnen müssen. Den Bissen kaute er mit Bedacht, ließ das Brot seine ganze Süße im Mund entfalten und genoss den würzigen Geschmack. Martin sog die frische Waldluft ein, horchte auf das Schlagen eines Spechts und ging los, nachdem er zu seiner Freude einen Stock gefunden hatte, der sich sowohl zum Wandern als auch als Waffe eignete – man konnte ja nie wissen. In einer Wolke aus Laub schlitterte er einen Felsgrat hinab und marschierte mit in den Nacken geworfenem Kopf weiter.

Der Hunger, der bald wieder zu wachsen begann, wurde durch seinen andauernden Marsch unterdrückt; das Laufen schwächte ihn nicht, stärkte ihn vielmehr, denn nun begann er, wieder über sein Ziel nachzudenken. Ja, nach Nürnberg würde er gehen. Da würde er alles herausfinden. Seine Mutter befreien. Ein Held sein!

Es war, als würde der Wald selbst ihm Kraft spenden und seine Entschlossenheit stärken. Als er zwischen zwei hoch aufragenden Felsendomen aus Kalk dahinschritt, fühlte er sich wie ein Ritter aus den Legenden, gerüstet mit Harnisch und Beinschienen aus Eisen und einem mächtigen Schwert an der Seite. Seine Angst war gewichen. Ihm war, als könne er es mit der ganzen Welt aufnehmen. Er hatte Lust, auf einen Felsenturm zu steigen und der Welt seine Entschlossenheit entgegenzubrüllen.

Blanke Furcht hatte ihn ergriffen. Zusammengerollt in seine Decke lag er da, umklammerte seinen Wanderstock und zitterte. Wo bei Tag Sonnenschein und das Grün des Lebens gewesen waren, da herrschte nun Finsternis. Gefallene Bäume wurden zu lauernden Schatten, Äste zu Schlangen, Felsen zu bedrohlich aufragenden Säulen, die die

Himmelsdecke trugen. Der Schrei eines Uhus hallte einsam durch die Nacht. Die knisternden Tritte von Rehen glichen dem Pirschen von Ungeheuern. Bald würde auch die Kälte wiederkommen. Das Einschlafen fiel ihm noch schwerer als gestern: Statt vertrauter zu werden, enthüllte der nächtliche Wald immer neue Schrecken. Das Paradies war zum Fegefeuer geworden.

Diesmal weckte ihn die Kälte des Morgens gleich viermal und ließ ihn zittern. Doch jedes Mal schlief er wieder ein, und als er endgültig erwachte, da war es die Sonne, die seine Lider mit ihrem gleißenden Licht öffnete. Martin blinzelte – und war wach. Er drehte sich nicht herum, brummte nicht widerwillig, er war von einem Augenblick zum anderen einfach wach, fühlte sich voll Tatendrang und wurde von einer Vielzahl von Vogelstimmen und dem Rauschen der Blätter in einer sanften Brise begrüßt. Es war das schönste Erwachen seines Lebens. Bevor er aufstand, blieb er noch eine Weile liegen und genoss den Zauber des Morgens. Der entschädigte ihn für die ganze Friererei, dachte er – dieses Erwachen, nicht in einem stickigen, feuchten Zimmer, wie er es gewohnt war, und auch nicht durch beißende Kälte und Nebel. Glitzernder Tau begrüßte ihn auf den Moospolstern und Flechten der Felsen wie ein Teppich aus Diamanten. Martin streckte sich, wurde von seinem Magen mit unüberhörbarem Rumpeln begrüßt und frühstückte etwas Brot und Wurst.

Dann ging er weiter. Der Wald schien kein Ende nehmen zu wollen. Dass Wälder überhaupt so unendlich groß sein konnten ...

Er fürchtete schon, im Kreis gelaufen zu sein, als das Unterholz wieder dichter wurde. Seine Vorräte waren so gut wie aufgebraucht. Noch eine Nacht verbrachte er im Wald, bis am nächsten Morgen ein ausgefahrener Pfad seinen Weg kreuzte. Martin blieb stehen. Der dunkle Waldboden glänzte frisch aufgewühlt in der Sonne: Lange konnte es nicht her sein, dass hier ein Karren entlanggefahren war.

Martin überlegte, in welche Richtung er sich wenden sollte, entschied sich und hatte Glück. Schon bald wurde der Weg zu beiden Seiten von einem Wall aus verfilzten Sträuchern gesäumt, die den Rand des Waldes markierten. Martin blieb stehen. Vor ihm erstreckten sich heckendurchzogene Kornfelder.

Unschlüssig sah er sich um. Weiter hinten gewahrte er die strohgedeckten Dächer eines Dorfes in der ersten Morgensonne – da würde er nach dem Weg nach Nürnberg fragen können. Und eine Straße finden, auf der er viel schneller vorwärts kommen würde.

Seltsamerweise war er darüber mehr traurig als erfreut. Der Wald war etwas Neues gewesen, etwas vollkommen Unbekanntes; eine andere Welt, in der man seine Sorgen vergessen konnte, in der es keine böszüngigen Menschen gab, keine Gerüchte, keine Lügen. Dafür aber auch beißende Kälte und mit etwas Pech den Hungertod. Und sein Hunger war schon jetzt gewaltig.

Die Menschen bedachten ihn mit scheuen, argwöhnischen Blicken. Dabei stellte Martin ganz bestimmt keine Bedrohung dar, so wie er aussah, da war er sich absolut sicher. Der staubige Weg, der zwischen den geduckten Bauernhäusern entlangführte, war bis auf ein paar emsig umherlaufende Hühner und das eine oder andere Hausschwein verlassen. Stattdessen starrten ihn die Menschen aus Fenstern oder Türen heraus an. Martin blickte sich um und fasste sich ein Herz. Mutig trat er auf einen bullig wirkenden Mann zu, der mit verschränkten Armen in einem Türrahmen stand und ihn mit kleinen, scharfen Augen ansah.

»Entschuldigt«, begann Martin, als der Mann ihn regungslos musterte. »Ich muss nach Nürnberg. Wie komme ich dahin?«

Der Mann verzog keine Miene. Martin wartete einen Augenblick, und als sein Gegenüber sich immer noch nicht regte, nickte er linkisch, grinste gekünstelt und trat einen Schritt zurück.

»Gut, dann … dann frage ich jemand anders. Habt

Dank. Danke«, murmelte er und ging eilig weiter. Bei einer Frau, deren weite Röcke ihr eine gewisse Ähnlichkeit mit einer Glocke verliehen, versuchte er es erneut. Und bei ihr hatte er mehr Glück – allerdings nur, was eine Antwort an sich betraf. Denn alles, was er von ihr erfahren konnte, war: »Weiß nicht. Nie aus dem Dorf rausgekommen.«

Er war schon drauf und dran, das Dorf unverrichteter Dinge wieder zu verlassen, als er an einem Ochsenkarren vorbeikam, der gerade beladen wurde. Zögernd trat er zu den Bäuerinnen und Bauern, die pralle Säcke Roggen auf die Ladefläche wuchteten.

»Na was willst?«, fragte eine der Frauen. Schüchtern erklärte Martin, dass er nach Nürnberg musste. Die Bäuerin schenkte ihm einen argwöhnischen Blick.

»Kannst arbeiten?«

Martin zog die Schultern hoch.

»Dann lad mit auf. Sind spät dran. Dann kannst mit.«

»Nach Nürnberg«, vergewisserte sich Martin, aber die Frau hatte sich bereits wieder der Arbeit zugewandt. Also packte er mit an. Und merkte schnell, dass diese Sache es in sich hatte. Niemals hätte er gedacht, dass Roggensäcke so vermaledeit schwer sein konnten. Er schaffte es gerade noch, den Sack hochzuwuchten und sich eilig zum Karren umzudrehen. Dann wurde ihm die Last auch schon abgenommen. Etwas länger nur und der Sack wäre ihm auf die Füße gefallen.

Zum Glück waren es nicht mehr viele Säcke. Als er schweißüberströmt am Karren lehnte und sich den Stoff seines Kittels von der Haut zupfte, bemerkte er den spöttischen Blick eines kleinen Mädchens, das über die Seitenwand des Karrens zu ihm hinablugte, und den eines etwas älteren Jungen. Obwohl kleiner als Martin, hatte er wesentlich breitere Schultern.

»Weibisch«, kommentierte der Junge nur. Martin verbiss sich eine Antwort.

Das Dorf verschwand hinter einem Hügel. Martin fühlte sich unwohl. Er hatte das Gefühl, dass der Bauernjunge und seine kleine Schwester sich köstlich über ihn amüsierten.

»Bist nicht von hier«, bemerkte der Junge, als Martin den Blick über die vorbeiziehenden Felder schweifen ließ. »Bist von der Stadt.« Martin zuckte zusammen und starrte ihn an.

»Hast noch nie gescheite Arbeit gemacht. Sieht doch jeder.«

Martin zwang sich, mit erzwungener Gleichgültigkeit über die Felder zu blicken.

»Wie heißt'n eigentlich? Bin Georg.«

Gerade noch schluckte Martin die Antwort hinunter.

»Taub?«

»Nein, nein …«

Seine Gedanken rasten. Wie hieß er eigentlich? Wenn er seinen richtigen Namen verriet, dann würde man ihm schnell auf die Spur kommen. Er brauchte also einen anderen Namen. Aber welchen?

»Neinein?«

»Was?«, fragte Martin verwirrt. Der Bauernjunge sah ihn auf eine eigentümliche Art an, und seine Schwester musste lachen.

»Neinein! Du bist also Neinein. Ein echter Fliegenhansl bist!«

Hansel? Bestimmt nicht. Einen anderen Namen …

Martin grübelte und zwang sich zu einem gelegentlichen Lachen über Georgs Scherze, mit denen der Junge nun gar nicht mehr aufhören wollte.

Ein Allerweltsname sollte es auch nicht sein. Wenn schon, dachte Martin, dann etwas Ungewöhnliches. Aber trotzdem ein Name, der nicht *zu* ungewöhnlich war.

Na, ihm würde schon etwas einfallen. Georg war so damit beschäftigt, sich über ihn lustig zu machen, dass er bestimmt nicht mehr nachhakte. Für ihn stand Martins Name ja sowieso schon fest.

Der Karren ruckelte nun nicht mehr so stark: Sie waren auf eine bessere Straße gekommen. Georg hatte die Arme über die Seitenwand gelegt und grinste ihn unverwandt an. Im Grinsen verfügte er jedenfalls über eine erstaunliche Ausdauer, stellte Martin fest.

»Und was macht ihr in Nürnberg?«, fragte Martin. Georgs Grinsen wurde noch breiter. Es näherte sich schon in bedenklicher Weise seinen Ohren.

»Bist dumm«, erwiderte er schließlich. »Die Sachen zum Markt bringen, tun wir. Natürlich.«

»Ah. Klar.«

Martin seufzte.

»Aber du, du kommst nicht aus Nürnberg, hm?«, begann Georg plötzlich. »Wo kommst'n her, Neinein?«

»Neinein!«, lachte seine kleine Schwester. Martin schenkte ihr einen bösen Blick.

»Ich bin von ... von weit her«, erklärte er ausweichend. Georg runzelte die Stirn.

»Bist aber kein Landstreicher, wie?«

»Nein, nein«, erwiderte Martin rasch. Georgs Schwester kicherte.

»Was dann, hm?«

Da kam Martin die rettende Idee.

»Lehrling!«, erklärte er wahrheitsgemäß und dann, weniger wahrheitsgemäß: »Auf Wanderschaft! Erstes Wanderjahr hat gerade begonnen!«

Georg beäugte ihn misstrauisch.

»Wanderschaft? Du?«

»Bin halt gut!«, sagte Martin und betete, dass er den Brustton der Überzeugung zumindest halb so gut getroffen hatte, wie er es hoffte. Demonstrativ hob er die Nase.

»Und in was?«

»Schneider!«

»Deswegen hast Finger, so dünn wie Reisig. Und die Kluft? Ihr tragt doch sonst immer so Klamotten, oder? War mal ein Böttcherswandergesell hier durchgekommen, deswegen weiß ich's genau!«

»Hab ich an. Sieht doch jeder!«

Georg musterte ihn erstaunt und nickte dann, um sich vor Martin nicht die Blöße der Unwissenheit zu geben.

»Klar. Wollte nur fragen. Kennt ja jeder.«

Damit gab er sich zu Martins Erleichterung zufrieden.

Lehrling auf Wanderschaft. Ja, das klang ordentlich. Einigermaßen erleichtert lehnte Martin sich zurück und wartete darauf, dass Nürnberg in Sicht kam.

»Er ist *wohin*?«, rief der Geldleiher Zacharias, Johnathans Vater, entgeistert. Vor ihm in seinem Kontor stand der Begleiter des Händlers.

»In der Nacht hat er sich davongemacht. Niemand hat's gemerkt.«

»Er hat *was*?«

Der Mann senkte den Kopf.

»Davongemacht? Einfach so? Und er hat vorher nichts gesagt?«

Zacharias ballte die Faust, dass die Knöchel weiß hervortraten. Der Geldleiher war von schlankem Wuchs; ein wohlgestutzter Bart rahmte sein Gesicht; und unter dem großen Judenhut glänzte ein Paar dunkle, ruhige Augen. Das heißt, üblicherweise waren sie ruhig. Im Augenblick loderte ein Feuer in ihnen. Und seine Stimme war von schneidender Schärfe.

»Woher wisst Ihr dann, dass er nach Nürnberg gegangen ist?«

Der Wächter trat unruhig von einem Fuß auf den anderen. Er war eingestellt worden, um Händler vor Überfällen zu schützen, nicht um Verhöre über sich ergehen zu lassen.

»Er hat oft darüber geredet. Ständig, um genau zu sein. Und er hat eine ... eine Botschaft hinterlassen. Er ist nach Nürnberg gegangen.«

Zacharias starrte zur Decke. Er ahnte, was geschehen würde, wenn Johnathan davon erfuhr. Warum hatte er sich nur darauf eingelassen, diesem Christenjungen zu helfen!

»Er wird alles falsch machen«, murmelte er bitter. Und dann, an den Mann gewandt: »Es ist gut, Ihr könnt gehen. Mein Gehilfe wird Euch auszahlen.«

Erleichtert verließ der Mann das Kontor. Er hatte schon befürchtet, dass die Dummheit jenes Knaben ihn um seinen

Lohn bringen würde. Komisch war die Sache schon. Aber er arbeitete nicht für Zacharias, weil er viele Fragen stellte. Also ging er seiner Wege.

Nürnberg!

NÜRNBERG! SCHAU!«

Martin schrak hoch und drehte den Kopf. Er war tatsächlich zwischen den Säcken eingeschlafen, obwohl der Karren schlug und ruckelte.

Und da lag Nürnberg. In ihrer ganzen Pracht bot sich die Stadt ihm dar. Sie erschien Martin viel größer als Bamberg. In hellem Braun schimmerten die Nürnberger Stadtmauern, ganz aus Sandstein erbaut, während Bambergs Wehren überwiegend aus Holz bestanden. Hoch ragte ein nagelneu errichteter Turm in den dunkelblauen Sommerhimmel. Zu seinen Seiten wachten unzählige kleinere Steintürme über die Stadt. Sie erweckte nicht den Anschein, als ob sie sich jemals einem Fürsten oder Bischof unterwerfen würde.

Martin war beeindruckt. Er freute sich auf diese Stadt,

die ihm, der er nie richtig aus Bamberg herausgekommen war, wie eine riesige Festung erschien.

»Kannst den Mund wieder zumachen«, hörte er Georg spotten. »Nürnberg passt da eh nicht rein.«

Als sie in die Stadt einfuhren, stellte Martin mit Erleichterung fest, dass Nürnberg ihm doch nicht ganz so fremd war. Die Fachwerkhäuser glichen denen in Bamberg, die Straße sah nur wenig anders aus, und auch die Menschen wären in Bamberg kaum aufgefallen. Allerdings merkte er rasch, dass sie geringfügig andere Kleider trugen – es war genau jener Hauch eines Unterschiedes, der in Bamberg zu argwöhnischen Blicken oder einem gemurmelten »feiner Pinkel« geführt hätte. Alles in dieser Stadt wirkte ... größer. Prächtiger. Reicher. Es war wie mit der Stadtmauer: teurer Sandstein statt einfachem Holz. Außerdem war von überall her das Hämmern und Schlagen vieler Schmieden zu hören. Gelegentlich wehte der atemraubende Geruch von Kohlefeuern herüber. Furcht und Neugier hatten einen heftigen Widerstreit in Martin entfacht.

»Noch nie 'ne Stadt gesehen, was?«, kommentierte Georg spöttisch.

»Ich komm aus einer *anderen* Stadt«, brummte Martin.

»Und? Was guckst dann so? Stadt ist Stadt, oder?«, erwiderte Georg mit der unverwüstlichen Logik eines mehr körperlich als geistig Starken.

Langsam und stockend ruckelte der Wagen seinem Ziel entgegen. Trotz der Breite der Hauptstraße wurde es immer wieder ziemlich eng. Wie in Bamberg teilten sich die Menschen den Straßenstaub mit Schweinen, Hühnern und Gänsen.

»Ich glaub, zu Fuß bin ich schneller«, meinte Martin und rappelte sich auf, um abzusteigen.

»Nix wirst!«, rief Georg erbost. »Bist mit uns gefahren, jetzt hilfst uns auch!«

Widerstrebend sank Martin auf seinen Platz zurück. Trotz der Furcht vor der Fremde juckte es ihm in den Fingern, endlich diese unbekannte Stadt zu erkunden. Aber da musste er sich wohl noch gedulden, denn Georgs Miene machte keinen Hehl daraus, dass es andernfalls Ärger geben würde.

Also ließ Martin die Häuser und Menschen an sich vorüberziehen und dachte darüber nach, was er als Nächstes tun sollte, um seinem Ziel näher zu kommen – der Befreiung seiner Mutter und seines Bruders.

Der Marktplatz wurde von einer Kirche beherrscht, die ihn in eine große und eine kleine Hälfte teilte. Sie war zwar viel kleiner als der Bamberger Dom, aber der Giebel war über und über mit Ornamenten, kleinen Spitzen und Blendbögen verziert, und desgleichen prachtvoll bot sich das Portal dar. Wie Martin später erfahren sollte, war dies die von Kaiser Karl dem Vierten erbaute Frauenkirche. Viele Bäuerinnen und Bauern hatten längst ihre Verkaufsstände in respektvollem Abstand zur Kirche aufgebaut und boten ihre Waren dem bunten Treiben aus Frauen und Kindern feil.

»Los, na komm!«, drängte Georg und scheuchte Martin vom Wagen. Martin stöhnte unter dem Gewicht der Säcke, die Georg vom Wagen zu ihm hinabwuchtete.

»Schwächling«, kommentierte Georg abfällig und sparte auch sonst nicht mit derben Worten, bis sie alles vom Wagen geholt hatten.

»Jetzt kannst abhauen«, erklärte er. Martins Arme taten weh. Mehr hätte es nicht sein dürfen. Er bedankte sich bei der Bäuerin, die ihm aber kaum Beachtung schenkte, und marschierte aufs Geratewohl los.

Martin spürte schon nach wenigen Schritten, dass ein guter Wille nicht gegen einen leeren Magen ankam. Gerade war er über den Marktplatz an der Kirche vorbeigeschritten, als sein Blick schier unwiderstehlich von einem Fleischerstand angezogen wurde. Der Duft der Würste stieg ihm in die Nase, und plötzlich zitterte er am ganzen Körper. Mit der unerwarteten Gewalt eines Erdbebens überkam ihn der Hunger. Seine Beine wurden zittrig. Ihm war schlecht.

Martin zwang sich zur Selbstbeherrschung. Er kämpfte mutig gegen die Schwäche an und versuchte, nicht allzu offensichtlich auf die rotbraun glänzenden Wurstringe zu starren. Doch misslang ihm das wohl kläglich: Der Fleischer blickte ihn scharf an, musterte ihn mit leichter Verwirrung – Martin sah für ihn eigentlich nicht nach einem Straßenjungen aus – und scheuchte ihn fort.

Also trottete Martin weiter. Von den Düften nach Obst, Fleisch und Gemüse wurde ihm immer übler. Er fühlte sich allein und verlassen in dieser fremden Stadt, furchtbar hilflos. Dann blieb er mit einem Ruck stehen. Einige Menschen drängten sich ärgerlich an ihm vorbei, aber er hatte nur Augen für den großen, flachen Korb, der auf einem Tisch des letzten Verkaufsstandes lag. Viele frische, große Brötchen lagen darin. Martin wurde vom Drang überkommen, hinzugehen und einfach eines zu stehlen. Bei den vielen Brötchen fiel das bestimmt nicht auf. Schon tat er einen ersten Schritt, als eine warnende Stimme in seinem Kopf ihn aufhielt. Er wollte in dieser Stadt bleiben. Und etwas erreichen. Da war ein Diebstahl gleich zu Anfang gar keine gute Idee. Aber er hatte Hunger!

Für und wider stritten in Martin um die Macht. Solcherart gespalten trieb er zum Bäckerstand. Brötchen und Brotlaibe boten sich ihm zum Essen dar, er brauchte nur nach ihnen zu greifen!

Der Bäcker hinter dem Tisch war inzwischen auf den Jungen aufmerksam geworden, der mit ausgehungertem Blick auf seine Ware starrte.

»Kauf was oder verschwind! Du vertreibst mir meine Kundschaft! Wozu gibt's denn das Spital! Dort bekommst was! Oder reicht dir das etwa nicht? Hau ab!«

Drohend hob er die Hand, als Martin sich nicht sofort regte. Martin erschrak und trollte sich.

Spital … Essen …

Damit stand sein Ziel also fest. Sein Magen trieb ihn zur Eile an.

Bis er überhaupt auf die Idee kam, jemanden nach dem Weg zu fragen, war er im Kreis geirrt. Doch als er fragte, stellte sich heraus, dass das Spital kaum dreißig Schritt entfernt an der Straße nach Süden lag. Viel weiter hätten ihn seine Beine auch nicht getragen.

Das Glück schien ihm gewogen zu bleiben: Ein Spitalsbruder ließ ihn ein und führte ihn in eine große, luftige Halle. Zwischen Holztischen und Bänken lag Stroh, wo sich müde Pilger ausruhen konnten.

Eine Holzschale wurde ihm in die Finger gedrückt. Seine Hände zitterten, als er mit dem Gefäß in der Hand hinter dem Bruder herwankte. Ihm wurde eine große Kelle voll zähem Haferschleim aufgetan. Hastig nestelte er seinen

Holzlöffel vom Gürtel und setzte sich, nachdem er sich dankend verbeugt hatte. Erst als er die Schale bis zum Boden geleert hatte, hielt er inne. Das Hungergefühl war gewichen. Seine Hände hörten zu zittern auf.

Der Mönch füllte ihm die Schale ein zweites Mal, und als Martin auch diese leer gegessen hatte, trat der Mann erneut an den Tisch und lächelte.

»Gut, ich sehe, es hat Euch geschmeckt. Ich will mich in Euere Angelegenheiten nicht einmischen, aber Ihr seid doch noch recht jung für einen Pilger, nicht wahr?« Als Martin ihn nur hilflos anstarrte, zuckte der Mann mit den Schultern. »Vergesst bitte nicht, in unserer Kapelle für die Erlassung der Sünden der Familie Groß zu beten. Sie haben dieses Spital gegründet, damit ihre Seelen rein werden.«

Martin nickte. Jetzt, da er richtig satt war, überkam ihn eine bleierne Müdigkeit.

Auf Stroh erwachte er. Zwar spürte er die Nacht in allen Knochen, aber erholt hatte er sich trotzdem – vermutlich mehr als in den Nächten im Wald. Er raffte sich auf und wankte zur Bank. Mit schlafverklebtem Blick löffelte er den Brei, den der Spitalsbruder ihm vorsetzte. Martins Augen leuchteten auf, als der Mann einen kleinen, runzeligen, fleckigen, aber unerhört köstlichen Apfel hervorzog und neben ihn auf den Tisch legte. Martin verschlang den Apfel und genoss die saftige Süße, die sich in seiner Mundhöhle ausbreitete. Der Mönch schenkte ihm ein warmes Lächeln, das wie Balsam auf seine Seele wirkte, und verschwand in einem Nebenraum.

Nach dem Essen stützte Martin das Kinn in die Hände und ließ seinen Gedanken freien Lauf. Und jetzt, wo er zum ersten Mal Ruhe hatte, wurde er von Erinnerungen überwältigt. Heiße Tränen drängten auf seine Wangen, als er an seine Mutter dachte.

»Wenn du beten möchtest ...«

Martin hatte den Spitalsbruder gar nicht bemerkt. Der Mönch wies auf eine niedrige Tür am Ende des Raumes.

»Dort ist die Kapelle«, fuhr der Bruder fort. Martin wischte sich hastig übers Gesicht und nickte.

Noch nie hatte er mit solcher Inbrunst gebetet. Er kniete vor dem Bild der Heiligen Jungfrau und hielt die Hände gefaltet, dass seine Finger schmerzten. Das Kinn presste er so fest gegen die Hände, dass sich die Zähne in seinen Daumen drückten. Mit geschlossenen Augen murmelte er Gebet um Gebet, Bitte um Bitte. Danach fühlte er sich erleichtert. Der Mönch nickte ihm zu, als er aus der Kapelle trat.

»Nun erzählt mir, was Ihr hier tut«, begann er. »Vielleicht kann ich Euch helfen oder zumindest Eueren Schmerz lindern.«

Martin empfand gleichermaßen Dankbarkeit und Widerwillen. Wenigstens waren sie allein. Der Mönch wartete, bis Martin auf eine Bank gesunken war und mit finsterem Gesicht seine Fäuste knetete, dann setzte er sich zu ihm.

»Willst du zu einem Geistlichen sprechen, um dein Herz zu erleichtern?«, fragte er in vertraulichem Ton, nachdem er eine ganze Weile neben dem schweigenden Martin gesessen hatte. Zuerst reagierte Martin nicht. Er konnte die Gutmütigkeit des Mannes spüren, und er vertraute ihm. Aber die Wahrheit durfte er natürlich nicht verraten.

»Ich ... ich komm von einer anderen Stadt«, begann er leise. Der Mönch nickte.

»Bin fortgeschickt worden«, fuhr Martin fort. Er hatte eine neugierige Nachfrage erwartet; doch stattdessen war da nur aufmerksames Schweigen. »Ich bin Geselle«, log er und betete, dass er nicht puterrot wurde und Gott ihn für diese Sünde nicht mit besonders ausgesuchten Qualen im Fegefeuer bestrafen würde: Immerhin hatte er einen Mönch belogen! Und das sollte nicht die einzige Lüge bleiben. Martin spürte, wie seine Ohren heiß wurden. »Mein Vater ... er hat gesagt, ich soll mit meinen Wanderjahren beginnen.«

Jetzt war es heraus. Der Mönch musste seine Lüge einfach bemerkt haben – Martins Ohren waren so rot, dass sie im Dunkeln geleuchtet hätten. Doch was sein Zuhörer jetzt sagte, das war etwas ganz anderes als das, was er erwartet hatte.

»Und jetzt hast du Heimweh. Und dafür schämst du dich. Habe ich Recht?«

Martin nickte hastig. Zumindest das war nicht ganz gelogen. Der Mönch wirkte erleichtert.

»Junge, es geschieht selten, dass ein Geselle auf Wanderschaft gesandt wird. Und ich habe noch nie einen getroffen, der – verzeih – so jung ist wie du. Du musst ein wahrlich begabter Bursche sein! Da kannst du ruhig etwas Heimweh haben. Jedenfalls, in Nürnberg wirst du dir die Sporen verdienen, da bin ich sicher! Wir haben hier die besten Meister vieler Gewerke! Also, schau nicht so verzweifelt, sondern freue dich!«

Über ein solches Lob sollte ich mich tatsächlich freuen, dachte Martin bitter. Wenn ich die Wahrheit gesagt hätte. Wenn Vater Chunrad … Aber jetzt musste er sich zusammenreißen. Eine solche Gelegenheit würde sich ihm so bald nicht wieder bieten.

»Ich suche einen Schneidermeister. Bei dem ich arbeiten kann. Mein Herr Vater sagte, ich solle selbst einen Meister finden. Dann wird schneller ein Mann aus mir. Könnt Ihr mir helfen?«

Meine Ohren müssten den guten Mann jetzt eigentlich blenden, dachte Martin. Er war sich gar nicht sicher, wie viele Lügen Gott einem vergab – er ahnte, er war hart an der Grenze. Doch für seine Ohren schien der Mönch keinen Blick zu haben. Jedenfalls meinte er schließlich: »Nun, es gibt einige Tuchverleger hier. Die beschäftigen auch Schneider. Das ist ja Nürnbergs Größe in der Welt, neben dem Metallhandel. Die Holzschuher sind groß im Geschäft, die verhandeln flämische Wolle und haben Gewandschneider. Aber ich glaub nicht, dass die noch einen Gesellen brauchen. Schlaginhaufens vielleicht? Nein. Die sind voll besetzt. Außerdem sind die Färber. War kürzlich erst ein Geselle hier, hoch begabter, junger Mann, verzweifelt, aber Schlaginhaufen hat ihn abgewiesen, wie alle Bewerber in letzter Zeit. Die Schneider der Kleins sind auch nicht übel … doch die hatten mit den Leuten aus Bamberg zu kämpfen, die waren eine Konkurrenz für sie. Aber das Verhältnis hat sich kürzlich wohl gebessert.« Martin wurde hellhörig.

»Bamberg?«, unterbrach er den Mönch.

»Ja, Bamberg. Aber was rede ich. Über solcherlei Sachen sollte man sich nicht das Maul zerreißen.«

»Was ist denn daran so schlimm?«

»Nichts … nichts, was du wissen müsstest. Und dann wären da noch …«

Martin hörte den Ausführungen des Mönchs nur mehr mit halbem Ohr zu. Seine Trauer und sein Schuldgefühl wegen der Lügerei waren wie fortgeblasen. Färber, Gewandschneider, Bamberg. Sein Vater Chunrad ermordet, als er vom Tuchkauf aus Nürnberg kam.

Damit wusste Martin, bei wem er arbeiten wollte. Er

nickte artig zu den Ausführungen des Mönchs und sprang auf, als der fertig war.

»Na, ich sehe, du bist schon voller Tatendrang«, freute sich der Spitalsbruder. »Schön, dass ich dir weiterhelfen konnte.«

Er stand auf und drückte Martin die Hand. Dabei sah er ihm fest in die Augen. Als er zu sprechen begann, wechselte er vom vertraulichen »du« zum üblichen »Ihr«.

»So, nun wünsche ich Euch alles Beste auf Euerem weiteren Lebensweg, junger Geselle. Und wenn Ihr vermögend geworden seid, gedenkt dieses Ortes und spendet uns einen kleinen Teil Eueres Reichtums!« Er zwinkerte Martin zu, zeichnete ihm ein Kreuz auf die Stirne und segnete ihn.

Martin war schon bei der Tür, als der Mönch ihn ein letztes Mal ansprach.

»Noch eins. In dieser Stadt blüht der Wohlstand, wenigstens bei den höheren Leuten, und mit ihm gedeiht die Zunge des Teufels. Letztes Jahr wurden ein Mann und sechs Frauen verbrannt, etliche aus der Stadt geworfen, da sie Ketzer sein sollten. Doch wer kann sagen, ob der Teufel seine Hand im Spiele hatte – also seht Euch vor! Geht nun mit Gott!«

Martin nickte, drehte sich um und trat aus dem Spital ins Freie. Ketzer verbrannt ... das konnte ja heiter werden! Schließlich hielt man in Bamberg *ihn* für nichts anderes! Und was seine Mutter Kordula und seinen Bruder Thomas betraf – unwillkürlich erschien vor seinem geistigen Auge das Bild eines lodernden Scheiterhaufens. Hastig zwang er sich, an etwas anderes zu denken.

Was ihm nicht schwer fiel: Nicht nur war jedes Haus, war jede Ecke in dieser Stadt ihm fremd, er musste auch die Werkstatt der Kleins ausfindig machen. Nach wenigen Schritten fand er sich auf dem Markt wieder, wo er gestern schon gewesen war. Unschlüssig blieb er stehen. Es war Vormittag, und wie gestern herrschte auch heute ein buntes Treiben zwischen den Ständen der Marktleute. Niemand schenkte dem schmalen Jungen Beachtung. So musste er also mal wieder fragen. Sich überwinden. Sich trauen, eines von den vielen Gesichtern anzusprechen, die da hektisch, gelassen, in innerem Zorn oder einfach gleichgültig zwischen den Marktständen umhereilten. Die ersten zwei Leute, die er ansprechen wollte, bemerkten ihn gar nicht. Als er sich etwas lauter an eine Frau wandte, die an ihm vorüberging, sah sie ihn mit freundlichem Gesicht an, doch auf seine Frage hin zuckte sie nur mit den Schultern und ging weiter. Enttäuscht biss Martin sich auf die Lippen. Aber noch ein Mal, noch ein Mal musste er es versuchen. Ein Mal noch!

Und er hatte Glück. Eine dürre Frau mit einem großen, randvoll gestopften Weidenkorb unterm Arm konnte ihm seine Frage beantworten. Verzweifelt versuchte Martin, ihre Beschreibung im Kopf zu behalten – aber das Wichtigste war wohl, dass sich die Werkstatt von Klein ganz in der Nähe befand. Bevor er sich jedoch auf den Weg machte, dachte er an eine Mahnung seines Vaters, die er immer gehasst hatte: Wasch dich, bevor du zu jemand Wichtigem gehst.

Nach einigen Hand voll Brunnenwasser im Gesicht und über den Haaren befand er seine Waschung als genügend, begutachtete sich im Wasser und ging los.

Geselle und Knecht

Johnathan fehlte selbst die Kraft zum Schreien. Der Pfeil hatte ihn auf Höhe der Schulter getroffen. Was zunächst ein dumpfer, ihn bis in die Knochen erschütternder Schlag gewesen war, das wurde nun zu einem von Herzschlag zu Herzschlag wachsenden Schmerz. Jedes Mal, wenn das Pferd sich mit den Hufen von der Straße löste, wenn sein Körper auf dem Pferderücken durchgeschüttelt wurde, zerrte der Mantel an dem Pfeilschaft, wühlte die Spitze im Fleisch. Bald wurde der Schmerz schier unerträglich, da klammerte sich Johnathan nur noch aus purer Verzweiflung an den Hals des Tieres. Die Fingernägel seiner geballten Fäuste schnitten in seine Handflächen.

Und als wäre der Schmerz allein nicht schon grausam genug, schlug sein Herz schnell und heftig, begann sein

Atem zu pfeifen. Schweiß brach ihm aus allen Poren. Es rieselte ihm kalt über die Stirne. Weiße Punkte tanzten vor seinen Augen. Johnathan umklammerte den Pferdehals und reckte den Kopf, stieß dem Tier nur gelegentlich die Hacken in die Weichen, damit es weiterrannte. Das Pferd richtete sich auch ohne seine Leitung nach dem Verlauf der Straße.

Er wusste nicht, wie lange er dahingeritten war. Mehrmals war er sich nicht sicher, ob er kurz das Bewusstsein verloren hatte. Der Schmerz badete sein Gesicht in Tränen und Schweiß. Etwas Zähes, Warmes rann ihm über den Rücken und klebte das Leinen des Unterkittels auf seine Haut. Die Luft erschien ihm zäh und heiß, brannte in den Lungen.

Die wenigen Reisenden, die zu dieser frühen Stunde unterwegs waren, sahen ihm mit erstaunten Blicken nach.

Ein Gedanke kroch in sein Leid, ein mahnender, Beachtung fordernder Gedanke. Die Torwachen würden ihn anhalten. Sobald er die Stadt erreicht hatte.

Er sammelte seine verbliebenen Kräfte, biss die Zähne zusammen und griff nach dem Mantel. Jede Bewegung übertrug sich auf seine Schultern und schürte den Schmerz von neuem. Er bekam den Saum des Mantels zu fassen, hielt keuchend inne und zerrte ihn Stück für Stück über die verletzte Schulter; der Pfeil wurde niedergedrückt, die Spitze riss sich eine Bahn durchs Fleisch, er schrie sich schier die Kehle aus dem Leib. Dann hatte er es geschafft. Mit einem Seufzer fiel er auf das Pferd zurück. Sein Gesicht bebte. Nun stand der Pfeil wenigstens nicht mehr auffällig ab, sondern war zu einem lächerlich kleinen Buckel unter seinem Mantel geworden.

Er schmeckte das drahtige Pferdehaar der Mähne im Mund und hatte kaum mehr die Kraft, um es auszuspucken. In seinen Beinen drohten Krämpfe. Doch es war nicht mehr weit bis zur Stadt. Er musste durchhalten!

Der Schmerz wurde durch eine Art Lähmung abgelöst, als die Mauern der Stadt in Sicht kamen. Mit schier übermenschlicher Anstrengung zog er sich die Kapuze über den Kopf und versuchte, sich aufzurichten. Bunte Punkte zerplatzten vor seinen Augen. Er fühlte sich erbärmlich.

Die Stadtwachen runzelten die Stirne, als der kleine Reiter durchs Stadttor kam. Die Kapuze hatte er sich tief ins Gesicht gezogen, aber dennoch konnten sie erkennen, dass der Junge bleich und völlig erschöpft war. Eine der Wachen wollte ihn aufhalten, aber sein Kollege hielt ihn zurück und zuckte mit den Schultern. Erschöpfte Reisende bekamen sie hier genug zu sehen.

Der Junge verschwand in den Gassen, ohne nur einmal den Blick gehoben zu haben. Die Torwachen jedoch widmeten sich wieder ihrem Gespräch und hatten den Ankömmling bald vergessen.

Tatsächlich fand Martin die Werkstatt. Schüchtern trat er auf einen Mann zu, der am Eingang saß und geschäftig mit einem Federkiel auf einem Stück Pergament herumkratzte. Er musste sich eine ganze Weile gedulden und hatte schon eine raue Kehle vom Räuspern, als der Mann endlich aufsah.

»Ja? Was ist, Jungchen?«

Martin verbeugte sich.

»Ich suche eine Anstellung ... als Schneider ... Lehrjahre ...«, brabbelte er aufgeregt. Der starre Blick des Mannes brachte ihn ganz durcheinander.

»Hier nicht!«, wurde er angeblafft. »Lehrjungen und Gesellen gehören da rüber!« Mit der Feder deutete der Schreiber quer über die Straße und widmete sich wieder seiner Arbeit. Martin starrte abwechselnd auf ihn, dann auf die Werkstatt, die doch hier war, vor seinen Augen, und nicht quer über die Straße.

Der Schreiber zog die Augenbrauen zusammen und bellte ein »Verschwinde!«, ohne aufzusehen. Martin stolperte rückwärts auf die Straße und machte sich eingeschüchtert davon, hinüber zu dem Fachwerkhaus mit seinem weit über die Straße kragenden Obergeschoss, auf das der Mann gedeutet hatte. Aber da war keine Schneiderei. Da war nur eine Tür, die geschlossen war und den Zugang zu einem offenbar nicht besonders großen Raum versperrte. Zögernd streckte Martin die Hand aus und klopfte. Das, was er von drinnen hörte, musste wohl ein »Herein!« sein.

Drinnen blickte ihn ein Mann an, der dem vorigen zum Verwechseln ähnlich sah. Auch er hatte einige Bücher und Pergamente vor sich liegen, von denen er eines studierte. Er hatte eine schimmernde Glatze.

Martin wiederholte seine Worte mit klopfendem Herzen: Eine Anstellung suche er, hier, als Geselle sei er gekommen, auf Wanderjahre sei er gegangen. Sein Gegenüber lehnte sich mit gelangweiltem Blick in seinem Stuhl zurück und wandte sich an einen jungen Mann.

»Hat ein Meister Bedarf?«

»Nein ... Bedarf nicht. Aber Walrabe kann wohl eine zusätzliche Hand gebrauchen. Ihm steht noch ein Geselle zu. Der klagt doch immer.«

Der Glatzkopf nickte und wedelte mit der Hand in Richtung Martin.

Martin stand noch hilfloser da als vorher. Zum Glück erbarmte sich der junge Mann seiner.

»Ich führe Euch zu Walrabe«, erklärte er.

Walrabes Werkstatt lag nur einen kurzen Fußmarsch entfernt. Wieder spürte Martin die Aufregung in sich wachsen, als er durch das Tor in die Werkstatt trat. Sie ähnelte der seines Vaters, war aber viel größer. Durch das Tor auf der Straße betrat man einen großen Raum, der das gesamte Erdgeschoss bis auf ein Kämmerchen, das Kontor, ausfüllte. Der ganze Raum war voll gestellt mit Truhen und Werkbänken, an denen die Schneider über die verschiedensten Kleider gebeugt standen oder saßen.

Martins Begleiter rief einen hoch gewachsenen, ernst dreinblickenden Mann herbei.

»Meister Walrabe, ein Schneider auf Wanderschaft«, erklärte er mit einer Geste zu Martin.

Walrabe musterte Martin abschätzig von oben bis unten, und während Martin betete, dass er seinem kritischen Blick standhielt, unterbrachen die Lehrjungen und Gesellen in der Werkstatt ihre Arbeit und sahen neugierig zu ihm hinüber. Das machte die Sache für Martin nicht gerade leichter.

»Noch etwas jung für einen Gesellen auf Wanderschaft«, stellte der Meister fest, ohne eine Miene zu verziehen. »Wohl gerade losgekommen von Mutters Rockschößen, hm?«

Martin hörte Gelächter, spürte, wie sein Gesicht rot wurde, und versuchte verzweifelt, einen gleichgültigen Ausdruck zu wahren. »Na, wenn Ihr schon so gut seid, dass ein Meister Euch auf Wanderschaft schickt – dann zeigt mir Euer Können! Wascht Euch aber vorher Euere Schuhe im Hof. Und Ihr«, wandte er sich an Martins Begleiter, »richtet im Kleinkontor aus, dass ich einen Laufburschen schicke, wenn ich mich entschieden habe. Und ihr alle«, begann er plötzlich, in die Werkstatt zu brüllen, »steht nicht faul herum, sondern tut etwas!«

Die Gesellen und Lehrjungen zuckten zusammen und wandten sich eilig wieder ihrer Arbeit zu. Martin indes eilte in den Hof und reinigte seine Lederschuhe. Vor allem die Abfälle des Marktplatzes, ein übel riechendes Gemisch aus Gemüseresten, Viehdung und allerlei anderen Dingen, hatten eine dicke Kruste auf den Ledersohlen hinterlassen.

Als die Schuhe wieder einigermaßen sauber waren, ging Martin klopfenden Herzens in die Werkstatt zurück und durfte dem Meister Walrabe zeigen, wie gut er mit Nadel und Faden umgehen konnte, wie er es schon einmal hatte tun müssen, damals, vor Meister Ehrhardt in Bamberg.

Meister Walrabe prüfte schließlich seine Arbeit. Er nahm die Gugelkapuze, an der Martin genäht hatte, und begutachtete die Nähte. Seine Miene blieb undurchschaubar. Dann blickte er auf – und zerriss die Hauptnaht mit einem Ruck.

Martin blieb schier das Herz stehen. Das war's dann also, dachte er. Jetzt konnte er schauen, wo er in dieser wildfremden Stadt blieb.

»Wanderschaft«, lachte der Meister. Mit vor Scham und

Enttäuschung zusammengepressten Lippen und hängendem Kopf drehte Martin sich um und wollte sich davonmachen.

»Wo wollt Ihr hin?«, hörte er die scharfe Stimme Walrabes hinter sich. Stocksteif blieb er stehen und wagte nicht, sich umzudrehen.

»Kommt!«

Der Meister machte ungeduldig eine Geste zu einem Holztürchen. Mit bösen Vorahnungen folgte Martin ihm hinein in das kleine Kontor. Nachdem der Meister sorgfältig die Tür verschlossen hatte, wandte er sich Martin zu.

»Ihr wisst ganz gut, dass Ihr mit Euerem Können noch nicht reif seid für die Wanderjahre. Also, hat Euch Euer Meister wirklich auf Wanderjahre geschickt oder ... steckt etwas anderes dahinter?«

Martin war verwirrt über die unerwartet direkte Frage, spürte das Blut in seine Wangen schießen und schwieg verbissen. Dem Meister war sein Schweigen offenbar Antwort genug. In seinem Gesicht zeigte sich die Andeutung eines Grinsens. Er trat hinter einen Tisch, der einen großen Teil des Kämmerchens einnahm, und ließ sich auf einen Stuhl sinken. Martin, nun deutlich zitternd, stand ihm gegenüber. Nervös spielten seine Finger mit dem Saum seines Kittels.

»Ich weiß nicht«, sagte der Meister, mehr zu sich selbst denn zu dem Jungen vor sich, »ich weiß nicht. Was soll ich mit Euch anfangen? Ihr habt keinen Zunftbrief bei Euch … oder doch?« Als Martin den Kopf schüttelte, nickte Walrabe und fuhr fort: »Und Ihr seid jung für die Wanderschaft … und lange nicht gut genug … aus dem Nichts taucht Ihr hier auf …« Er legte eine Pause ein und blickte Martin unverwandt ins Gesicht. Martin spürte, wie ihm der Schweiß auf die Stirne trat.

»Wie ist Euer Name und welchen Alters seid Ihr?«, fragte Walrabe unvermittelt.

»Holger Schamelsdorf«, log Martin, »und ich bin vierzehn.«

»Vierzehn«, murmelte Walrabe. Dann räusperte er sich. »Schön, Holger. Ungewöhnlicher Name. Nun, wenn ich es mir überlege … ich könnte eine zusätzliche Hand gebrauchen. Ihr wollt doch bei mir arbeiten?« Martin, der jetzt Holger hieß, nickte eilig. »Nun, ich nehme Euch. Als Helfer. Natürlich, für die Ohren aller anderen und die des Rates nehme ich Euch als Gesellen. Aber Ihr werdet die Aufgaben eines Laufburschen und Helfers erledigen und auch so entlohnt werden. Könnt Ihr schweigen?« Holger – Martin nickte wiederum. »Schön. Also, Ihr seid mein Geselle.«

»Sagtet Ihr nicht Laufbursche?«, vergewisserte sich Martin.

»Natürlich. Aber für alle anderen tretet Ihr als Geselle auf. Versteht Ihr?«

Martin hatte verstanden: Vor der Zunft konnte Walrabe behaupten, einen Gesellen eingestellt zu haben, aber in Wahrheit würde Martin nur als Helfer bezahlt werden. Vermutlich konnte er also froh sein, wenn er beim Meister umsonst wohnen und essen durfte. Auf einen hohen Lohn durfte er sich keine Hoffnungen machen. Vielmehr musste er froh sein, dass er nicht wie ein Lehrjunge *bezahlen* musste. Er machte gute Miene zum bösen Spiel und nickte.

»Gut. Einen begriffsstutzigen Gesellen hätte ich nicht brauchen können. Und sollte Euch versehentlich ein falsches Wort herausrutschen und jemand Verdacht schöpfen ... steht Ihr nicht einfach nur wieder auf der Straße, wenigstens nicht in einem Stück, verlasst Euch darauf. Also, Ihr wollt bei mir arbeiten? Euer Wort gilt!«

Martin dachte fest daran, dass er in Nürnberg etwas anderes vorhatte, als viel Geld als Geselle zu verdienen, und sagte laut und deutlich: »Ja! Ich bin einverstanden.«

Meister Walrabe zog ein Stück Pergament und einen Gänsekiel hervor und kritzelte etwas darauf. Dann siegelte er das Schriftstück, erhob sich und öffnete die Tür, um einen Lehrjungen herbeizurufen. Dem gab er den Brief und schickte ihn zum Rat, um Martins Aufnahme bekannt zu geben.

»Dann willkommen bei Meister Walrabe«, erklärte er und gab seinem frisch gebackenen Gesellen/Laufburschen die Hand.

»Wann werde ich von der Zunft aufgenommen?«, fragte Martin.

Walrabes Gesicht verfinsterte sich.

»Nennt dieses Wort nie wieder!«, schalt er den verdatterten Martin. »Hier gibt es keine Zünfte. Der Rat mit seinen Ehrbaren und Kaufleuten bestimmt über uns. Die Gewerke haben nur acht Männer im Rat, und die haben nichts zu sagen. Es gibt keine Zünfte! Verstanden? Ich will dieses Wort nie wieder aus Euerem Munde hören.«

Martin brachte ein Nicken zustande. Walrabe öffnete die Tür des Kontors.

»Christian!«

Der Angesprochene, ein vielleicht dreiundzwanzigjähriger Geselle, sah auf.

»Kümmert Euch um Holger hier. Er ist unser neuer Geselle. Ihr wisst schon. Zeigt ihm seine Arbeit und führt ihn ordentlich ein!«

Was Meister Walrabe unter einer ordentlichen Einführung verstand, das erlebte Martin, der nun Holger hieß, gleich. Christian betrachtete ihn von oben herab und zeigte ihm einen Verschlag, der im Hof an die Außenwand des Hauses angebaut worden war, gegenüber dem Heimlichen Gemach, dem Plumpsklo. Dort wies er ihn an, die Stapel alter Wolle auszusortieren, die hier gelagert waren. Als er zu Martin sprach, verwendete er das »du« anstelle des »Ihr«. Bei ihm klang es abfällig.

»Alle aufrollen, ausklopfen, einrollen. Wenn du Löcher oder Spuren von Motten entdeckst, leg die Sachen dort rüber. Und wehe, ein Ballen ist nicht ordentlich zusammengelegt! Ich komme, wenn die Kirchglocken zur Mittagsstunde läuten. Also beeil dich.«

Und damit ging er hinaus.

Unglücklich ließ Martin den Blick über die Stoffberge schweifen. Das war nicht gerade eine Traumarbeit. Aber eigentlich hatte er ja alles, was er wollte – er war in Nürnberg und hatte Arbeit! Und wenn er sich jetzt nicht beeilte, fürchtete er, dann war er die Arbeit gleich wieder los. Die Sonne stand schon beängstigend hoch am Himmel.

Die Aufgabe war noch viel schweißtreibender, als er befürchtet hatte. Seine Finger fühlten sich rasch taub an vom Anpacken der groben Stoffe, seine Arme schmerzten vom Herumwuchten und Aufrollen der Ballen. Der Hunger meldete sich. Und natürlich wurde er nicht rechtzeitig fertig – er hatte zu Mittag noch nicht einmal annähernd die Hälfte des Lagers durchgesehen.

Christian gab sich deswegen wütend, als er pünktlich zum Glockenschlag eintraf und auch noch entdeckte, dass zwei Ballen schief aufgerollt waren. Martin schrumpfte unter seiner Schimpfkanonade regelrecht in sich zusammen. Immerhin durfte er zu den anderen in die Mittagspause gehen.

Dort wurde er nach dem Dankgebet neugierig beäugt,

während sie große Stücke von Brotlaiben abrissen, mit Rettich und Käse in sich hineinschlangen und mit Dünnbier nachspülten. Martin hatte diesen Augenblick gefürchtet. Denn jetzt würde ihn bestimmt einer nach seiner Herkunft und alldem fragen. Dabei hatte er schon Mühe, seinen richtigen Namen nicht zu verraten.

Zu seinem Glück war die Neugier der anderen, wie so oft, nur von sehr kurzlebiger Natur: Nachdem ihre wichtigsten Fragen nach Herkunft, Grund seines Hierseins und seinem Namen zu ihrer Zufriedenheit geklärt waren, galt Martin als aufgenommen. Man verlor das Interesse an ihm und wandte sich anderen Dingen zu – zumal Martin sich wortkarg gab, um nicht in Gefahr zu geraten, etwas Falsches zu sagen.

So überstand er das erste Mittagsmahl in seinem neuen Heim. Den Rest des Tages verbrachte er im Lagerschuppen mit dem Prüfen und Aussortieren der alten Stoffballen. Als er am Abend, nach einem einfachen Essen, seine Kammer zugewiesen bekam, fiel er vollkommen erschöpft ins Bett und schlief fast augenblicklich ein.

So bemerkte er nicht, wie sein Zimmergenosse, ein wenige Jahre jüngerer Lehrjunge mit Namen Michael, hereinkam, Kittel und Unterzeug abstreifte und mit offenem Missfallen auf ihn hinuntersah. Martin schrak hoch, als der Junge sich ins Bett schwang und ihm dabei grob den Ellenbogen in die Seite rammte.

»Das ist meine Hälfte!« Michael machte eine Bewegung mit der flachen Hand.

»Aber das ist mehr als die Hälfte. Das ist fast das ganze Bett!«, maulte Martin verschlafen.

»Trotzdem. Bist ein Neuer. Ein Reingespuckter«, erklärte der Junge. Zorn kochte in Martin hoch. Aber da er ahnte, dass ein Streit gleich am ersten Abend kein gutes Bild vor Meister Walrabe abgeben würde, ließ er Michael murrend gewähren und rückte beiseite. Was bedeutete, dass er zum zweiten Mal fast aus dem Bett gefallen wäre.

»Wo kommst du eigentlich her?«, hörte er Michael fragen. »Hab's nicht mitgekriegt.«

»Schweinfurt«, erwiderte Martin prompt. Aus der Dunkelheit drang gedämpftes Kichern.

»Schweinfurt!«, gluckste Michael, verstummte aber, als Martin ihm seinerseits den Ellenbogen in die Seite trieb. Bevor der Schlaf sich seiner wieder bemächtigte, schwor er sich, Michael den »Reingespuckten« heimzuzahlen.

Erste Hilfe

DURCH EINEN SCHLEIER AUS SCHMERZ gewahrte Johnathan den Kopf einer alten Frau, die sich aus dem Fenster lehnte und ihn neugierig musterte.

»Zu Nimrod!«, stieß er hervor. »Schnell!«

Das Gesicht verschwand. Wenig später wurde die Tür aufgerissen. Als Herr Nimrod aus dem Haus trat, verließen Johnathan die Kräfte. Er kippte vom Pferd, dem Mann in die Arme.

Wie man ihn ins Haus geschafft, einen Arzt gerufen, mit Hilfe eines Messers den Kittel am Pfeil aufgeschnitten, ihn ausgezogen und bäuchlings auf eine weiche Decke gebettet hatte, hatte er nicht mehr gespürt. Erst als der Arzt den widerhakenbewehrten Pfeil aus seiner Schulter schnitt, war Johnathan durch den furchtbaren Schmerz aufgeschreckt und hatte sich die Kehle aus dem Hals geschrien. Zwei Männer mussten ihn festhalten, damit er sich nicht aufbäumte. Er biss vor Schmerz in die Decke.

Irgendwann ließ der Schmerz nach. Er fühlte, wie ein Druck von seiner Hüfte wich, den er zuvor gar nicht bemerkt hatte – David, der Sohn der Nimrods, hatte sich auf ihn gesetzt, um ihn ruhig zu halten. Schließlich durchfuhren ihn siedend heiß die Stiche, mit denen der Arzt die Wunde vernähte. Johnathan grunzte und atmete hektisch in das Leinen des Lakens.

Schließlich wurde eine leichte Decke über seinen bloßen Körper gelegt. Die Behandlung war vorbei. Johnathan fühlte ein beruhigendes Streicheln auf seinen Haaren, dann wurde es schwarz um ihn.

Am nächsten Morgen wurde Martin durch lautes Gelärme von der Straße her geweckt. Dem Brüllen nach zu schließen wurde da gerade eine Rinderherde am Haus vorbeigetrieben. Er ließ den Kopf ins Bett zurücksinken und dachte über das Glück nach, das er mit dieser Werkstatt gehabt hatte, während der Lärm der Rinder draußen verklang. Als Michael nach unten gegangen war, griff er in seine Gürteltasche und zog zwei in ein Tuch eingeschlagene Stäbe hervor: Siegelstempel aus Bamberg. Ganz besondere Siegelstempel sogar. Vielleicht waren sie die entscheidenden Beweise, um die Mörder seines Vaters zu überführen. Er musste sie gut verstecken ...

Nachdem er ein Versteck unter den Dielenbrettern gefunden hatte, das seinen Ansprüchen genügte, eilte er hinab zum Frühstück.

Gerade ordnete Martin fertige Gugelkapuzen der Größe nach, als er plötzlich ein Flüstern hinter sich hörte: »Schweinfurt ... *Schwein*furt ... SCHWEINfurt ...«

Erbost schaute er auf und wollte Michael, der dicht hinter ihm vorbeigegangen war, ein »Halt's Maul!« zublaffen, als er Meister Walrabe gewahrte, der auf ihn zukam. Gerade noch konnte er sich im Zaum halten und beließ es bei einem zornigen Schnauben, während Michael kichernd davonstolzierte.

»Du bist ein fleißiger Arbeiter«, sagte Walrabe und warf einen Blick auf den Stapel Gugeln. Martin errötete unter dem Lob, doch Walrabe hatte es mehr als Feststellung gemeint – und so fuhr der Meister fort: »Fleißig, fleißig. Christian kann dich ruhig noch etwas strenger hernehmen, das ist gut. Wenn du weiter so arbeitest, dann können wir schon bald zum Rat gehen. Je eher du aufgenommen wirst, desto besser … nicht wahr?«

Ohne den Blick von seinen Gugeln abzuwenden, nickte Martin. Er war froh, als der Meister weitergegangen war.

Martin lebte sich rasch in der Werkstatt ein. Bald schon machte er mit dem Riemen Bekanntschaft, mit dem Christian nicht sparte, aber dafür hatte er abends vor dem Dunkelwerden manchmal noch etwas Zeit, sich die Stadt zeigen zu lassen. Der beleibte Geselle Karl, der stets ein Bonit trug – eine eng anliegende Kappe, die seine Glatze bedeckte –, führte ihn bereitwillig durch die Straßen, nachdem er ihm Trippen gegeben hatte, Unterschuhe aus Holz, die die Schuhe und Füße vor dem Schmutz der Straße schützten.

Karl hatte sich schon am zweiten Tag, nach dem Sortieren der Gugeln, seiner angenommen. Er war ein gestandener Mann, gutmütig, aber ein wenig dumm. Deswegen wurde er von den anderen nicht ganz ernst genommen, und darunter litt er. Umso mehr freute er sich also, dem neuen Gesellen helfen zu können.

Die Tage vergingen, und Martin hatte seinen richtigen Namen schon fast vergessen. Es wurmte ihn zwar, dass er immer wieder Aufgaben bekam, die kein anderer Geselle oder Lehrjunge tun wollte – es gipfelte im Ausmisten der kleinen Schweine- und Hühnerställe hinterm Haus –, aber mehr noch drängte es ihn, endlich den eigentlichen Grund seines Hierseins in Angriff zu nehmen: die Nachforschungen über den Tod seines Vaters und die Befreiung seiner Familie. Jeder Tag des Zögerns erschien ihm wie Sünde, wenn er daran dachte, wie sie im Schuldturm darbte.

Johnathan erwachte und erwachte doch nicht. Es war, als hätte sich sein Geist vom Körper gelöst: Er war zu keiner Regung fähig, aber die Erinnerung zog an ihm vorüber, die Erinnerung daran, wie es dazu gekommen war, dass er diese Reise unternommen hatte, die beinahe seine letzte geworden wäre. Die Erinnerung kam mit derartiger Klarheit, dass es Johnathan ganz so schien, als erlebe er das, was sich zugetragen hatte, noch einmal.

Damals, nachdem Martin aus Bamberg geschafft worden war, hatte er sich die ganze Zeit schlecht gefühlt. Das Bild seiner Mutter nahm vor seinem geistigen Auge Gestalt an, wie sie sagte: *»Du musst etwas essen!«*

Johnathan rührte in seiner Suppe und sah seine Mutter

nicht an. Martin war sein bester Freund. Zudem war er selbst Jude. Und hatte also nicht viele Freunde und erst recht keine christlichen. Hier im Judenhof gab es zwar ein paar Jungen in seinem Alter, aber die meisten von ihnen hatten seiner Ansicht nach, wie Martin es ausdrücken würde, einen an der Waffel. Er selbst war an Martins Flucht auch nicht ganz unschuldig gewesen: Schließlich hatte er mit Martin zusammen rastlos nach dem Mörder von Martins Vater geforscht.

Wenigstens ist Martin in Sicherheit, dachte er, als er nach Mutters zweiter Ermahnung den Suppenlöffel zum Mund führte. Doch das minderte nicht seine Mitschuld an der Bestrafung von Martins Familie.

Er hatte keinen Appetit.

Da hatte er noch nicht geahnt, dass er sich selbst kurz darauf auf den Weg nach Nürnberg machen würde. Den Entschluss hatte er erst später gefasst.

Alles hatte damit angefangen, dass sein Vater ihm in Bamberg von Martins Ausreißen berichtete. Johnathan war erstaunt gewesen, aber nur für einen Augenblick. Das hätte er sich denken können. Martin ließ nicht so leicht locker, das hatte er während ihrer gemeinsamen Abenteuer bewiesen.

»Und jetzt sag mir, was ich tun soll!«, rief Zacharias vorwurfsvoll. Johnathan hatte seinen Vater selten so außer sich erlebt.

»Nach dem, was du mir erzählt hast, und nach dem, was dein Freund hier angerichtet hat mit seiner Verbohrtheit, was wird er da wohl in Nürnberg anstellen?«

Johnathan senkte den Kopf. Er spürte, wie er rot wurde. Sein Vater schimpfte nicht oft mit ihm.

»Wie konntest du so einen Heißsporn ... Aber ich tue dir Unrecht. Verzeih mir. Er ist dein Freund.« Zacharias hatte seinen Zorn schnell wieder unter Kontrolle. Er blickte unglücklich drein. »Nein, ich kann dir keinen Vorwurf machen. Bleibt mir nichts anderes übrig, als ihn seinem Schicksal zu überlassen. Er hat es so gewollt!« Damit wandte er sich um, eilte aus dem Zimmer und ließ einen bestürzten Johnathan zurück.

Anstatt brav nach Schweinfurt zu fahren, war sein bester Freund also nach Nürnberg durchgebrannt, dachte Johnathan. Mitten in die Höhle des Löwen. Und vermutlich zögerte er nicht lange, sondern begann sofort, nach dem Löwen selbst zu suchen. Also musste er seinem Freund helfen.

Johnathan betrachtete die feine Narbe auf seinem linken Handballen. Als Martin noch in Bamberg gelebt hatte, hatten sie Blutsbrüderschaft geschlossen, bevor das alles losgegangen war. Er stöhnte. Hätte er damals geahnt, was dieser kleine Schnitt für Folgen haben sollte ...

Aber er mochte Martin. Martin würde für ihn durchs Feuer gehen, und also würde er umgekehrt für Martin dasselbe tun.

Johnathan überlegte. Als Erstes musste er in Erfahrung bringen, ob jemand anders von Martins Verbleib erfahren hatte. Jemand anders – das waren jene Menschen, die Martin einsperren oder umbringen wollten. Seine Mutter und seinen kleinen Bruder hatten sie schon eingekerkert. Wohl oder übel würde Martin also wieder bei den Christen … Also war er … spionieren wollte er, bei … bei den Christen … also ging er … ging los … zu …

Die klaren Bilder verblassten. Er verließ die Welt seiner Erinnerungen. Die Verletzung forderte ihren Tribut und holte ihn zurück, nach Nürnberg, aufs Krankenbett, ins Reich des Schlafes.

Noch vor dem heiligen Sonntag geschah etwas, was Martin seine Aufgabe lebhaft ins Gedächtnis rief. Christian hatte ihm einen besonders spannenden Auftrag erteilt: Nähnadeln aus einer großen Kiste der Größe nach in fünf Schachteln zu sortieren. Entnervt stach Martin sich gerade wieder in den Finger, als zwei Männer die Werkstatt betraten. Da er hinten in einer Ecke hockte, sah er sie nicht – aber er hörte sie. Als ein bestimmtes Stichwort fiel, schrak er hoch und war plötzlich ganz Ohr.

»... suchen ihn. Ihr habt ihn nicht gesehen, Meister Walrabe?«

Martin verstand die Antwort zwar nicht, hörte aber, wie sich die Männer ihm näherten. Plötzlich schlug ihm das Herz bis zu den Ohren. Die suchten jemanden. Wen sollten sie schon suchen, wenn nicht ... ihn?

Aber woher, woher wusste Kupferschlager, dass er in Nürnberg war? Denn wer außer dem Schmied, dem er in Bamberg in die Quere gekommen war, sollte nach ihm suchen lassen?

Er schrumpfte geradezu hinter seiner Nadelkiste zusammen, als sich die Schritte der Unbekannten seinem Platz näherten.

»Wer ist das?«

Martin erstarrte. So tief beugte er sich über die Tischplatte, dass er fast mit der Nase dagegenstieß, und tat, als sortiere er angestrengt Nadeln. Die Männer standen genau vor seinem Platz.

»Das ist unser neuer Geselle Holger ... seht die Herren an!«

Martin hob den Kopf mit einem Ruck – und sah einem der Männer direkt ins Gesicht. Er kannte den Mann nicht.

»Nun?«

»Ich ... ich ...«, Martin schluckte und mühte sich verzweifelt, seine Aufregung zu bezähmen, die ihm wie ein dicker Kloß im Hals saß. »Ich bin Meister Walrabes Geselle. Aus Schweinfurt!«, brachte er hervor. Der Mann musterte ihn abschätzig.

»Na, wirkt ja reichlich verwirrt, der Kerl. Hat doch wohl nichts ausgefressen, was?«, lachte er. Walrabe zwang sich, in sein Gelächter mit einzufallen; aber als sie sich von Martin abwandten, bedachte Walrabe ihn mit einem Blick, der fast schlimmer war als Prügel.

Erleichtert sank Martin in sich zusammen und spürte kalten Schweiß auf seiner Stirn. Offenbar hatten diese Unbekannten nicht nach ihm gesucht – oder ihn nicht erkannt.

Nach einer Weile kam Walrabe wieder herbeigestürmt, riss ihn am Arm von seinem Platz hoch und zerrte ihn ins Kontor. Mit einem Krachen ließ er die Tür ins Schloss fallen. Ehe Martin etwas sagen konnte, erhielt er zwei so kräftige Ohrfeigen, dass seine Ohren sirrten.

»Wenn«, zischte sein Meister in mühsam bezähmtem Zorn, »wenn Ihr es nicht schafft, Euch ohne Trara als Geselle auszugeben, dann jage ich Euch höchstpersönlich aus der Stadt! Der Rother hat sich ja sehr über Euer Betragen erstaunt, ein Glück nur, dass er nicht nachgehakt hat! Ihr seid mein Geselle, verstanden? Und wenn Ihr in Wahrheit nur mein Knecht seid, so dankt Gott für meine Gnade, Euch überhaupt genommen zu haben! Ich erwarte, dass Ihr Euere Rolle spielt! Verstanden? Geselle?«

Martin nickte. Walrabe führte seine Aufregung also auf

ihre Vereinbarung zurück, nicht darauf, dass er etwas auf dem Kerbholz haben könnte. Er war erleichtert. Allerdings nicht allzu lange, denn Walrabe war noch nicht fertig.

»Und damit Ihr Euch meine Worte auch schön merkt – Hände auf die Bank!«

Ergeben ertrug Martin die Hiebe mit dem Riemen und dachte fest an seine wahre Aufgabe. Schließlich durfte er mit schmerzendem Hinterteil zu seinen Nadeln zurückkehren. Was kein großer Trost war, insbesondere, da nun auch das Sitzen unangenehm geworden war. Vom Nachbartisch aus sah er seinen Zimmergenossen, den Lehrjungen Michael, schadenfroh feixen. Er griff nach neuen Nadeln, machte ein düsteres Gesicht – und stach sich in den Finger.

Das Ereignis jenes Tages hatte Martin aufgerüttelt. Es wurde Zeit, etwas zu unternehmen. Die gesamte Zeit, die er nun in Nürnberg war, war in dieser Sache vollkommen ergebnislos verlaufen. Das musste er schleunigst ändern. Allerdings ahnte er, dass es nicht ganz einfach werden würde. Walrabe betrachtete ihn als seinen Knecht, und so behandelte er ihn auch. Jeder Geselle musste von morgens bis abends arbeiten, so lange wie sein Meister, bis zu sechzehn Stunden schlimmstenfalls. Martin musste hinterher dann noch die Werkstatt aufräumen und putzen.

Morgen, morgen allerdings war Sonntag. Da würde er

Zeit haben. Und da würde er seinen Wochenlohn empfangen, dachte er schon fröhlicher.

Nachdem er also die Werkstatt aufgeräumt hatte, kletterte er hinauf in die Schlafkammer, wo sich Michael gerade entkleidete. Ein kühler Wind pfiff durch die Ritzen des pergamentvernagelten Fensters.

Diesmal wollte er nicht einsehen, weshalb er immer noch mit der Bettkante vorlieb nehmen sollte. Diesmal warf er sich mit voller Wucht aufs Bett, nachdem Michael sich hingelegt hatte.

»Spinnst du?«, empörte sich Michael.

»Kannst dich ja bei Walrabe beschweren«, erwiderte Martin böse.

Eine Weile schwiegen sie.

»Morgen gibt's Lohn!«, murmelte Martin schließlich in die Dunkelheit des Raumes. »Bin nur gespannt, wie viel ich krieg!«

Leises Lachen drang an sein Ohr.

»Wer aus Schweinfurt kommt, darf für die Ehre bezahlen, dass wir ihn hier arbeiten lassen«, spöttelte Michael. »Außerdem, du bist eh noch nicht drin. Walrabe schmeißt dich wieder raus, bevor ihr zum Rat geht!«

»Walrabe ist sehr zufrieden!«, zischte Martin.

»Pah! Ihr Schweinfurter seid doch fast so dumm wie die Bamberger!«

»Bamberger? Gibt's hier überhaupt auch Bamberger?«,

fragte Martin und krallte die Hände in die Decke. Am liebsten hätte er Michael eine richtig schöne Abreibung verpasst. Doch nicht jetzt – die musste er sich für später aufheben.

»Die sind dumm wie Stroh«, erklärte Michael freimütig.

»Stimmt doch gar nicht«, entgegnete Martin.

»Frag doch Walrabe! Hat er selbst nämlich auch gesagt. Bin sicher, der sagt auch nichts Besseres über euch aus Schweinfurt.«

Obwohl das Zimmer stockfinster war, merkte Michael sofort, dass er diesmal zu weit gegangen war. Er rückte sicherheitshalber von Martin ab – musste nun ganz eng an die kalte Wand gepresst daliegen – und sagte nichts mehr. Martin hingegen wühlte die Fäuste tiefer in die Decken und schwor Rache, sobald er mehr über Michaels Bemerkung über Walrabe und Bamberg herausgefunden hatte. Aber bis dahin musste er die Sticheleien ertragen. Immerhin hatte Michael gerade dafür gesorgt, dass Martin der eigentliche Grund für sein Hiersein gründlich ins Gedächtnis gerufen worden war.

Wie gewonnen, so zerronnen

GROSSARTIG WAR ES, AUSSCHLAFEN ZU können. Natürlich war Martin kurz vor Sonnenaufgang erwacht, wie an jedem Morgen, als die Kälte ihren Weg durch die Bettdecke gefunden hatte und ihm in die Knie zwickte. Aber anstatt gleich aufstehen zu müssen, konnte er liegen bleiben, beobachten, wie in der Dunkelheit des Zimmers langsam das glimmende Gewebe des ersten Tageslichts an Stärke gewann, bis schließlich die Ritzen des Fensterladens hell leuchteten und das Zimmer in ein angenehmes Schummerlicht tauchten. Martin schaffte es sogar, noch einmal kurz einzuschlafen.

Als sie von einem Gesellen schließlich aus dem Bett gescheucht wurden, fühlte er sich noch müder als an allen anderen Tagen, an denen er zur gewohnten Zeit aufgestanden war. Doch nachdem er sich träge angezogen hatte und hinunterging, gefolgt von einem sich die Augen reibenden Michael, da erwachten seine Lebensgeister, und er spürte die frische Kraft, die die Erholung ihm geschenkt hatte.

Frau Walrabe hatte zur Feier des Tages gekochte Eier auf den Tisch gestellt. Im Kreise der Gesellen und des Meisters, während sie schweigend ihren Frühstücksbrei löffelten, kam Martin wieder Michaels Bemerkung über Bamberg in den Sinn. Doch Martin würde sich mit seinen Gedanken wohl gedulden müssen – das allgemeine Gesprächsthema war der anstehende Lohn und wie man ihn auszugeben gedachte.

Martin hörte nur mit halbem Ohr zu. Er war gespannt darauf, wie viel Lohn er bekommen würde …

Nach dem Frühstück gingen sie geschlossen zur Sonntagsmesse. Sie dauerte so lange, wie Martin es schon von Bamberg her kannte, bis zum Mittag. Erzählt wurde dort auch nichts Neues. Und selbst wenn: Die ganze Predigt leierte der Pfarrer auf Latein herunter, und das war für Martin ein Buch mit sieben Siegeln. Wenigstens konnte er sich angenehm fortdämmern lassen, während Michael neben ihm ebenfalls schwere Augenlider hatte. Allerdings begannen ihnen nach der ersten halben Stunde schon die Beine zu schmerzen, denn die gesamte Zeit über hieß es stehen im Kirchenschiff, in dem es keine Bänke gab. Wenigstens konnte er für Mutter und Bruder beten.

Als sie aus der Kirche traten, war Martin wieder in Gedanken bei seinem Lohn, und, mehr noch, bei seinen Nachforschungen. Letztere verschob er auf später: Auf ihrem Rückweg zur Werkstatt bot sich einfach zu viel an, was ihm die ganze Woche über durch die ununterbrochene Arbeit verwehrt geblieben war. Mit den Lehrjungen rannte er um die Wette und lachte seit langem wieder.

In der Werkstatt versammelten sich alle um die große Werkbank, die ihnen auch als Esstisch diente. Martin klopfte das Herz bis zum Hals, als Walrabe eine Schatulle vor sich hinstellte und mit gewichtiger Miene das Schloss öffnete. Das hier würde der erste Lohn in seinem Leben sein! Gebannt hing er an Walrabes Lippen: »Die Arbeit war gut!«, brummte der Meister. »Aber wir haben diese Woche nicht alles geschafft, was uns aufgetragen war.«

Martin merkte, wie sich die Gesellen neben ihm strafften. Sie fürchteten wohl, Walrabe könne dies als fadenscheinigen Vorwand nehmen, um ihnen den Lohn zu kürzen.

»Also, nächste Woche etwas mehr Fleiß! Ansonsten wart ihr gut.«

Damit klappte er den Deckel der Schatulle hoch und ließ jeden Gesellen an sich vorbeiziehen, um ihm sein Geld zu geben. Als Letzter kam Martin an die Reihe; nur die Gehilfen kamen nach ihm dran, und die Lehrjungen erhielten gar keinen Lohn, sie mussten für ihre Lehre bezahlen.

Er wagte es nicht, Walrabe in die Augen zu sehen, und streckte zitternd die Hand aus. Eine, zwei, eine ganze Menge hell glänzender Münzen lagen auf einmal in seiner Handfläche. Er musste sich einen Ruck geben, weiterzugehen. Mit offenem Mund bewunderte er das Silber in seiner Hand. Sein Lohn! Plötzlich kam ihm das Nadelsortieren und Stoffeschleppen ganz und gar nicht mehr schlimm vor.

»Und dass ihr nicht zu spät heimkommt!«, mahnte Walrabe, als die entlohnten Gesellen dem Ausgang zustrebten. »Morgen geht's wieder früh raus! Ach«, fügte er hinzu und griff Martin am Arm, »warte, ich muss dir noch was sagen.«

Mit fragender Miene wartete Martin, bis er allein mit Walrabe in der Werkstatt stand.

»Gib das Geld«, forderte der Meister in beiläufigem Tonfall. Als Martin verwirrt dreinschaute, grunzte Walrabe unwillig.

»Du kannst dich doch noch an unsere Abmachung erinnern, nicht wahr? Auch wenn du als Geselle gehalten wirst – du *bist* ein Hilfsjunge, noch unter einem Lehrling. Sei froh, dass du nichts zahlen musst!«

Überrumpelt händigte Martin dem Meister seinen gerade erhaltenen Lohn aus. Walrabe legte das Geld in die Schatulle zurück und packte ihn fest am Arm.

»Und vergiss unsere Abmachung nicht. Kein Wort

davon zu irgendjemandem! Du hast dein Geld eben ...«, er grinste »... gespendet. Und jetzt scher dich fort!«

Sprachlos vor Enttäuschung und Wut stolperte Martin auf die Straße hinaus. Plötzlich spürte er wieder jeden einzelnen Stich, den er sich beim Sortieren der Nadeln geholt hatte.

»Na, Holger! Was guckst du denn wie drei Tage Regenwetter? Komm, schauen wir zum Fluss, da beginnt gleich das Fischerstechen!«

Martin zwang sich zu einer heiteren Miene und war doch froh darüber, dass Karl auf ihn gewartet hatte.

Johnathans Körper kämpfte. Die Nimrods taten alles, um ihn zu retten, aber die Wunde blieb gefährlich.

Johnathan lag im Bett und starrte ins Leere. Wieder erlebte er, was bereits geschehen war. Und diesmal waren es besonders schmerzhafte Erinnerungen, die sich in den Vordergrund drängten.

Er sah sich wieder im Kontor seines Vaters. Nachdem er erfahren hatte, dass Martin nach Nürnberg gegangen war, hatte ihm die Neuigkeit keine Ruhe mehr gelassen. Er hatte getobt.

»Er weiß es! Er weiß es bestimmt!«, schrie er. Sein Vater Zacharias runzelte die Stirn.

»Setz dich!«, befahl er. »Ich glaube kaum, dass der Schmied sich noch Gedanken wegen Martin macht. Und wenn ... was könntest du schon tun?«

»Ihn warnen!«, rief Johnathan und setzte sich wieder. Zacharias fixierte ihn über den Stiel seines Suppenlöffels hinweg.

»So. Und du glaubst nicht, dass er selbst die Gefahr ahnt? Wenn Kupferschlager sucht, dann doch zuerst in Nürnberg, das weiß dein Freund ganz genau. Und du weißt, wie schnell Gerüchte entstehen können! Und du willst dich doch nicht in Gefahr bringen.«

Die letzten Worte waren gleichermaßen Feststellung und Befehl. Johnathan zitterte vor Aufregung. Seinem Vater jetzt noch zu widersprechen, das entsprach weder seiner Art, noch war es ratsam. Dumpf starrte er in seine Suppe. Die Natur von Gerüchten war ihm bestens vertraut. Meist entdeckte man sie erst, wenn sie einen im Würgegriff hatten. Aus den Mauern des Schweigens waren dann wahre Gräben geworden, Gräben der Worte, in die man hinabzustürzen drohte, um tief unten zu zerschellen. So war es seinem Freund Martin ergangen: Plötzlich saßen seine Mutter und sein Bruder als Ketzer im Schuldturm.

Tatsächlich beugte er sich Zacharias' Befehl. Für ungefähr zwei Stunden. Denn während er auf seinem Platz im

Kontor saß und die Zinsliste eines zahlungsrückständigen Schuldners errechnete, ging ihm Martin nicht mehr aus dem Kopf. Schon hatte er Mühe, sich auf die Zahlen zu konzentrieren, und auch wenn Zacharias ihn niemals schlug, würde es trotzdem mächtig Ärger geben, wenn er sich verrechnete und zu viel oder zu wenig Zinsgeld herauskam. Doch seine Gedanken wurden mehr und mehr zu einem Bienenschwarm. Er wusste einfach, dass sein Freund in Gefahr war. Der Schmied konnte gar nicht so dumm sein, Nürnberg außer Acht zu lassen – natürlich würde er dort zuerst nach Martin suchen, und da Martins Vater nach seinem Besuch in Nürnberg ermordet worden war, gab es dort mit Sicherheit mächtige Verbündete des Schmieds Kupferschlager. Martin schwebte also in Lebensgefahr! Vermutlich hatte er gleich wieder damit begonnen, über den Tod seines Vaters nachzuforschen.

Mit einem Ruck hob Johnathan den Kopf und presste die Augen zu. Gerade hatte er sich wieder verrechnet. Als er sich nach wenigen Herzschlägen erneut verrechnete, war für ihn klar: Dieses eine Mal würde er sich über das Verbot seines Vaters hinwegsetzen. Seufzend schob er die Münzen vom Abakus, einem in mehrere Felder aufgeteilten Brett, das ihm als Rechenmaschine diente.

Er rätselte, was er tun sollte. Am besten, er ginge direkt zum Schmied. Kupferschlager, so erinnerte er sich, hatte ihn nur ein einziges Mal mit Martin gesehen, und da war es Nacht gewesen und Kupferschlagers Aufmerksamkeit hatte ganz und gar Martin gegolten. Nur seinem Sohn Georg, dem durfte er nicht über den Weg laufen, denn Georg hatte erst Martin verprügelt, da hatte Johnathan ihn gerettet, und wenig später hatte Georg sich Johnathan selbst vorgenommen, da hatte Martin ihn gerettet. Also würde Georg ihn auseinander nehmen, sobald sich eine Gelegenheit dazu ergab. Den Schmied wollte Johnathan selbst nach Martin fragen – er hatte schon einen Plan. Nur Georg durfte ihm dabei nicht in die Quere kommen …

Johnathan rannte in sein Schlafgemach, kaum dass er mit den Rechnungen fertig geworden war und Zacharias ihn entlassen hatte, und schlüpfte aus seinem Gewand aus kostbarer Seide; stattdessen zog er einen derben Stoffkittel an, der furchtbar ungewohnt auf der Haut kratzte, ersetzte den schmalen Rindsledergürtel durch ein einfaches Seil und streifte seine weichen Schuhe ab. Nun glich er einem einfachen Handwerkerslehrling.

Er konnte gar nicht schnell genug aus dem Judenhof hinaus und zur Inselstadt hinüber stürmen, wo Kupferschlagers Werkstatt lag. Kaum dass er den Fuß von der Unteren Brücke auf die Inselstadt gesetzt hatte, wurde er vorsichtig und lauernd. Schließlich bestand hier durchaus die Gefahr, dass Georg einen Botengang zu erledigen hatte und ihn dabei zufällig entdeckte. Bis zu dem Eckhaus mit dem steinernen Erdgeschoss, das Kupferschlagers Schmie-

de beherbergte, zeigte sich kein Georg, und die anderen Menschen hielten Johnathan für irgendeinen Lehrjungen. Johnathan blieb dicht neben dem Torbogen zur Schmiede stehen und lauschte. Obwohl der Abend schon tiefe Schatten in die Gassen warf, wurde drinnen noch gearbeitet. Die Stimmen von Kupferschlager und einigen Gesellen und Lehrjungen drangen zwischen Hammerschlägen und Eisengeklirr heraus. Auch die Stimme Georgs war darunter.

Das war das Problem. Und das war klar gewesen, dachte Johnathan. Was hatte er erwartet? Dass Georg sich seinetwegen in Luft auflöste? Aber vielleicht ergab sich ja eine Gelegenheit, wenn Georg wegmusste, hoffte er.

Tatsächlich brauchte er nicht lange zu warten. Von drinnen hörte er Kupferschlagers Stimme.

»Geh zum Lederer Anrich, der soll den passenden Riemen dazu schneiden. Auch wenn es ein Weilchen dauert! Brauche ihn!«

Johnathan hörte Georgs Erwiderung und sprang hinter die Hausecke zurück. Keinen Augenblick zu früh: Schon lief Georg an der Gasse vorbei, ohne nach rechts oder links zu schauen.

Johnathan wartete noch einen Augenblick, dann trat er aus der Gasse hervor, fasste sich ein Herz und betrat die Schmiede.

Drinnen sah er als Erstes Kupferschlager selbst. Der

muskelbepackte Schmied stand wie ein Befehlshaber mitten in der Werkstatt und verteilte Anweisungen an die Gesellen und Lehrlinge zu seinen Seiten. Schräg hinter ihm gloste die Esse. Johnathan kannte diesen Raum: Er war schon einmal hier gewesen, nachts, heimlich, mit Martin. Jetzt war es hier drinnen noch heißer als damals. Der unbestimmte Geruch glühenden Eisens lag in der rauchschwangeren Luft.

»Ja?«

Johnathan zuckte zusammen. Kupferschlager sah ihn ungeduldig und fragend an und blickte dabei immer wieder zu seinen Lehrlingen hinüber, um ihnen Befehle zuzubellen.

»Ich komme wegen einer Sache«, begann Johnathan. Das Herz klopfte ihm bis zum Hals. In den Augen des Schmieds lag kein Erkennen, er hielt ihn tatsächlich für einen Boten. Johnathan konnte nur beten, dass es dabei blieb.

»Wir brauchen ein Truhenschloss«, log er. Durch die Geldgeschäfte seines Vaters kannte er die Bedürfnisse vieler Gewerke. »Wurde vom Brauerzunftmeister hergeschickt.«

»Und?«, fragte Kupferschlager. »Habt doch erst ein Schloss bekommen!«

Johnathans Gedanken überschlugen sich.

»Aber wir brauchen noch eines. Soll genauso sein wie

das letzte, aber zwei Finger breiter«, erklärte er und fragte sich, wie er aus dieser Sache wieder herauskommen sollte.

»Ach. Bis wann?«

»Zwei Wochen«, sagte Johnathan und gab sich Mühe, sich seine Erleichterung nicht anmerken zu lassen. »Und … wisst Ihr, was mit dem verschwundenen Jungen ist?«, fragte er leise und trat dichter an den Schmied heran. »Mein Meister sagte, Ihr wüsstet vielleicht mehr … er will ihn schließlich auch forthaben … er gehört ja zu Euch …«

»Wozu will Euer Meister das wissen? Warum kommt er nicht selbst?«

»Zu auffällig! Und er meint, es wird Zeit, dass etwas passiert. Dieser Martin ist ihm schon zu lange fort, sagt er. Oder habt Ihr ihn schon, soll ich fragen.«

Kupferschlager machte eine Geste mit der Hand.

»Kommt mit ins Kontor«, erklärte er. »So etwas besprechen wir besser drinnen!«

Johnathans Herz machte einen Sprung. Das ging ja viel leichter, als er gedacht hatte!

Gerade öffnete der Schmied die Tür zum Kontor, als ein Ruf vom Eingang der Schmiede her ertönte.

»Vater! Herr Kupferschlager!«

Johnathan erstarrte. Das war Georg. Als Kupferschlager sich umdrehte, war Georg schon heran.

»Der Anrich war nicht …« Georgs Stimme erstarb. Sein Blick war auf Johnathan gefallen.

Johnathan spannte sich wie eine in die Enge getriebene Katze zur Flucht, aber Georg war schneller. Er stürmte vor, warf Johnathan gegen die Wand, packte ihn mit seiner kräftigen Hand unterm Kinn, dass Johnathans Hinterkopf gegen den Putz prallte, und trieb ihm zu allem Überfluss das Knie in den Magen. Und dachte gar nicht daran, es wieder zu senken, als Johnathan aufjapste und sich krümmen wollte, ohne es im Griff des Schmiedsohnes zu können.

»Was tust du«, donnerte Kupferschlager entsetzt. »Bist du von allen …«

»Das ist Martins Freund! Was machst du hier, du Hund, was machst du hier?«, schrie er Johnathan ins Gesicht. Die Röte war ihm in die Wangen gestiegen, seine Augen traten hervor, und seine Hand würgte Johnathan. Und dann war Johnathan wieder frei. Kupferschlager hatte seinen Sohn von ihm fortgerissen. Johnathan taumelte und wäre in die Knie gegangen, hätte Kupferschlager ihm nicht wie nebenbei die Hand auf die Brust gesetzt und ihn an die Wand zurückgedrängt.

»Noch mal!«, forderte er seinen Sohn auf, der sich wie ein Irrer gebärdete. Johnathan kämpfte mit den Schmerzen, während Georg sich beruhigte und seinem Vater knapp von Johnathan und Martin erzählte. Als der Schmied schließlich die Hand von Johnathans Brust nahm, sank er vornüber und keuchte. Doch Kupferschlager ließ ihm keine Zeit zur Erholung. Er packte ihn am Ohr und

zerrte ihn grob ins Kontor. Georg folgte ihnen. An der Wand des kleinen Raumes sank Johnathan in sich zusammen, während der Schmied sich hinter seinen Tisch setzte und ihn nachdenklich anblickte.

»Du hast diesem Martin die ganze Zeit über geholfen«, stellte er fest. »Und du warst also auch dabei, als dieser Kerl in meine Schmiede eingebrochen ist?«

Als Johnathan nicht antwortete, gab Kupferschlager seinem Sohn ein Zeichen. Mit einem bösen Grinsen trat Georg auf Johnathan zu und ballte die Fäuste.

»Ja!«, stieß Johnathan eilig hervor.

»Du weißt, was mit Einbrechern geschieht?«

Wieder erforderte es Georgs warnendes Fäusteheben, bis Johnathan ein gequältes »Ja!« hervorbrachte.

»Aber vielleicht können wir das unter uns klären. In aller Freundschaft!«

Johnathan sah auf.

»Wo ist Martin?«

Johnathan biss sich auf die Lippen. Georg stand drohend über ihm. Nur zu gerne würde er zuhauen. Aber Johnathan schwieg. Und krümmte sich, als Georg ihm einen Tritt verpasste.

»Nun?«

Johnathan ballte die Fäuste. Nichts sagen würde er! Und bekam eine saftige Ohrfeige. Georg schnaufte zufrieden. Kupferschlager aber seufzte.

»Ich sehe schon. Wenn wir dir nicht alle Gräten brechen, sagst du uns nichts. Also gut! Wohin ist Martin wohl gegangen?« Er lehnte sich vor. »Wie ich weiß, will er mehr über seinen Vater erfahren. In Nürnberg.«

Auf dieses plumpe Manöver wäre Johnathan sonst niemals hereingefallen. Aber sein ganzer Körper tat weh, er fürchtete sich vor Georg und davor, dass der Schmied das mit den Gräten ernst meinte, spürte zu allem Überfluss Tränen in den Augen brennen – und also zuckte er heftig zusammen, als Kupferschlager den Namen der Stadt aussprach.

»Nein!«, schrie er hastig, doch Kupferschlager hatte ihn durchschaut und nickte.

»Und vielleicht weißt du sogar, wo er in Nürnberg steckt?«

Johnathan sank noch tiefer in sich zusammen und schüttelte den Kopf. Sollte Georg ihn ruhig zu Tode prügeln, jetzt war ihm alles gleich. Er hatte seinen besten Freund, ja, seinen Blutsbruder verraten, gerade eben.

Der Schmied beharrte erstaunlicherweise nicht länger auf seiner Frage. Johnathan kam mit zwei Ohrfeigen davon, bevor Kupferschlager ihn im Nacken packte und aus dem Kontor schleppte. Zielstrebig wurde Johnathan mit einem Abschiedstritt aus der Schmiede geworfen, stürzte hart auf die staubige Straße und blieb liegen.

»Verschwinde, Judenhund!«, schrie Georg ihm nach, als Johnathan sich aufgerappelt hatte.

In einer abgeschiedenen Ecke der Bamberger Stadt hockte Johnathan sich hin. Er hatte alles falsch gemacht. Mit Gewalt brachen die Tränen sich Bahn und liefen über seine Hände, in denen er das Gesicht barg.

Die Tränen seiner Erinnerung wurden zu Tränen der Gegenwart. Wie damals erschütterten ihn auch jetzt, auf dem Krankenlager in Nürnberg, schwere Schuldgefühle. Aber mochten seine Erinnerungen auch klar sein – sobald er sich bemühte, klar zu denken, entglitten ihm die Gedanken. Doch eines war sicher: Kupferschlager war aus der Schmiede geeilt, kaum dass er sich davongemacht hatte, und hatte dafür gesorgt, dass Johnathan auf seiner Reise aufgehalten wurde. Beinahe hätte er damit Erfolg gehabt. Und nun war Johnathan in Nürnberg, und Martin wusste nichts davon.

Eine Spur

KARL HATTE NICHT ZU VIEL VERSPROCHEN. Das Fischerstechen begann gerade, als sie auf die Brücke eilten und sich zwischen die vielen Zuschauer ans Geländer drängten. Für einen Augenblick vergaß Martin sogar die Enttäuschung über seinen verlorenen Lohn.

»Du hast's hier ja nicht gerade einfach«, meinte Karl unvermittelt, gerade als wieder einer der Bootsleute unter lautem Gejohle der Zuschauer das Gleichgewicht verlor und in die Fluten der Regnitz stürzte. Martin blitzte ihn an. »Gut, gut«, beschwichtigte Karl. »Dachte ja nur. War nicht so gemeint.«

Sie wandten sich wieder dem Geschehen auf dem Fluss zu und schwiegen. Schließlich lag der letzte Gegner im Wasser. Nun, da das Spektakel vorbei war, begannen sich die Zuschauer zu zerstreuen. Auch Karl wandte sich ab, und Martin folgte ihm. Eine ganze Weile wanderten sie ziellos durch die Straßen.

»Sag mal«, meinte Martin irgendwann. Karl drehte den Kopf.

»Ja, was?«

»Ich komm ja aus Schweinfurt ... und vom Michael hab ich gehört, dass die Bamberger euch auch ziemlich auf die Nerven gehen?«

Karl hob die Augenbrauen.

»Wie kommst denn jetzt da drauf?«, fragte er. Doch ehe Martin ihm antworten konnte, fuhr er fort: »Ja, die Bamberger! Die können wir wirklich nicht haben.«

»Wieso?«

»Na, ist doch bloß 'n Nest, das Bamberg, aber trotzdem schneidern die viel Tuch und so. Ich hab von so was keine Ahnung. Aber die sind frei.«

»Frei?«

Karl sah plötzlich drein, als bereue er seine letzten Worte.

»Nichts«, erklärte er kurz angebunden.

»Wieso frei?«, beharrte Martin.

»Ach! Na gut.« Karl sah sich um und senkte mit verschwörerischer Miene die Stimme.

»Die haben noch Zünfte. Wir nicht. Haben sogar eigene Trinkstuben. Aber sag das ja nicht laut, das kann dich in den Kerker bringen! Nur schade, dass der Bischof von denen nicht ordentlich zugelangt hat nach dem Aufstand. Dann wären die Bambergischen vielleicht still geworden. Immerhin haben sie 'ne anständige Abreibung bekommen! Nur der Färber Schlaginhaufen, der hat denen 'ne große Ladung Tuche verkauft, kurz bevor's losging. Dem haben wir's dann aber auch gut gezeigt!« Karl ballte die Faust.

»Schlaginhaufen?«

»Färber. Weben Tuche und so. Machen dicke Geschäfte, sogar mit den Leuten aus Bamberg, und wir Schneider bekommen schlechteres Tuch als die, weil das bessere, das muss ja in andere Städte gehen! Aber grad bevor die Sache in Bamberg losging, da haben wir's ihnen ordentlich gegeben!«

Martin sah ihn an, als verstünde er kein Wort. In Wahrheit aber glühte er vor Aufregung.

»Was ist so schlimm daran, wenn Schlaginhaufens Tuche nach Bamberg verkaufen? Die Tuche werden doch sowieso verhandelt«, fragte er. Karl warf den Kopf in den Nacken und lachte.

»Ha! Eigentlich schon. Eigentlich ist's auch nicht ganz so schlimm, wenn man den Bambergern Tuche verkauft, hast ja Recht. Aber wir hatten alle gesagt, nicht so kurz vor dem Aufstand! Aber natürlich, die Schlaginhaufens konnten sich nicht dran halten … wie ich schon gesagt hab.«

»Und warum habt ihr sie *dann* bestraft? Nur weil sie

doch Tuch verkauft haben, obwohl ihr gesagt habt, nicht gerade zu der Zeit? Und weil ihr schlechteres Tuch bekommt als andere?«, fragte Martin weiter. Karl wurde durch Martins Interesse offenbar angespornt. Er erzählte weiter, wobei er so leise flüsterte, dass Martin seine Worte kaum noch verstand.

»Wie? Ja, klar. Und nein. Aber das war ein prima Grund, es ihnen zu geben!«

»Warum wolltet ihr es denen denn nun eigentlich *wirklich* geben?«, beharrte Martin. »Also doch nicht nur wegen der Tuche!«

»Na, eigentlich, weil sie auch noch den Bamberger Schn …, aber das ist nicht so wichtig. Jedenfalls sind's Verräter!« Karl sah sich hastig um, ob ihnen jemand zugehört hatte. Eine Alte, die aus dem Fenster lehnte, blickte zwar neugierig zu ihnen herüber, schien aber – trotz unverkennbarer Bemühungen – nichts verstanden zu haben.

»Lassen wir das«, brummte er und kratzte sich an der Bonitkappe. »Hörst du eh, wenn du länger bei uns bist. Jedenfalls, denen ham wir's ordentlich gegeben. Schau!«

Unwillig folgte Martin Karls Fingerzeig. Eine große Menschenmenge drängte sich in einer Gasse.

»Was ganz Besonderes«, erklärte Karl und zwinkerte ihm zu. »Natürlich verboten. Komm schnell, damit wir noch was sehen!«

Es war ein Hahnenkampf. Martin beobachtete die stolzen Tiere mit einer Mischung aus Faszination und Unwohlsein. Schließlich war das hier verboten. Vor allem aber wollte er viel lieber mehr über Schlaginhaufens und ihre Geschäfte mit Bamberg erfahren, denn sein Vater hatte in Nürnberg Tuche gekauft, unmittelbar bevor er ermordet wurde. Bei Schlaginhaufens? Das musste er herausfinden. So schenkte er den Kampfhähnen nur halbherzige Aufmerksamkeit, wie sie ihre Halskrausen blähten, ihre Kämme glühen ließen und schließlich als unansehnlich blutige Bündel von ihren Herren fortgeschafft wurden.

Nach dem Kampf vertiefte Karl sich in ein Gespräch mit einem Bekannten. Von ihm würde Martin nichts mehr über Schlaginhaufen erfahren. Also schlug er sich bis zum Abend mit Pläneschmieden herum. Er musste zu Schlaginhaufens Werkstatt, wenn gearbeitet wurde. Da er aber selbst die Woche über den ganzen Tag in Walrabes Werkstatt stehen musste, konnte er nicht einfach zu Schlaginhaufen gehen. Ihm wollte keine Möglichkeit einfallen.

Unzufrieden und aufgeregt legte er sich nach Einbruch der Dunkelheit ins Bett. Es war heiß und stickig in der Kammer.

Martin erwachte. Das Dämmerlicht des Morgens sickerte durch das Fensterpergament und tauchte die Kammer in ein warmgelbes Licht. Von draußen drang das gedämpfte Schlagen der Schmieden herein, die schon mit der Arbeit begonnen hatten.

Michael lag mit angezogenen Knien, den Rücken ihm zugewandt, auf den Decken und schnarchte leise. Martin schenkte ihm einen missmutigen Blick; da kam ihm ein Gedanke. Das war *die* Gelegenheit, Michael seine Spötteleien heimzuzahlen ... Michaels Hinterteil glänzte ganz eindeutig zu weit über seine Hälfte des Bettes hinaus. Kurz entschlossen griff Martin nach einer Nadel an seinem Kittel und stieß zu.

Michael sprang mit einem erschrockenen Quieken auf.

»Was soll denn das?«, schrie er Martin an und rieb sich den Hintern.

»Dein Arsch war über deiner Hälfte«, entgegnete Martin trocken und steckte die Nadel wieder an ihren Platz. »Und nenn mich nie wieder Reingespuckter«, flüsterte er, als sie sich ans Aufstehen machten.

Seine Überlegungen zu Schlaginhaufen traten an diesem Morgen hinter einer ganz anderen Sache zurück: Walrabe verkündete gleich nach dem Aufstehen, er wolle Martin nun zum Rat bringen, wo man ihn als Gesellen der Werkstatt aufnehmen würde.

So war Martin viel zu aufgeregt, um an Schlaginhaufen

zu denken, als er mit Walrabe und Christian zusammen zum Ratsgebäude marschierte. Er redete sich ein, es sei doch ganz unmöglich, dass einer der Nürnberger ihn kannte – wenn die überhaupt etwas von Kupferschlagers Sache wussten.

Sie kannten ihn nicht. Als Martin von Walrabe in das schummrige Ratszimmer gerufen wurde, die dunklen Eichendielen unter seinen Füßen knarrten und er sich fünf überraschten Herren gegenübersah, da wunderten sie sich nur über seine Jugend.

»Bald noch ein Kind«, hörte er einen der Herren murmeln. Er musterte Martin mit einem unangenehm wachen Blick.

»Er ist vierzehn Jahre alt. Wurde früh auf Wanderschaft geschickt«, erklärte Walrabe und gab vor, Martin habe sich mit einem Brief seines Meisters ausgewiesen. Der Rat zweifelte Walrabes Behauptung nicht an und verlangte auch keine Beweise. Nun wurde eine Weile über Martin gesprochen, der sich alle Mühe geben musste, um seine Aufregung zu verbergen und ruhig dazustehen. Schließlich wurde seine Aufnahme gutgeheißen – er war erleichtert. Walrabe zahlte die ansehnliche Summe, die der Rat für die Aufnahme erhob, und dann wurden ihm endlose Ordnungen und Gesetze vorgetragen, die er sowieso nicht verstand. Anschließend musste er einen Eid auf Treue und Hörigkeit erst dem

Stadtrat, dann dem Meister gegenüber ablegen. Als sie das Gebäude verließen, da war er ein frisch gebackener Geselle von Meister Walrabe.

»Ich habe das Aufnahmegeld für Euch bezahlt«, erinnerte Walrabe ihn, »also bildet Euch nichts auf den Gesellen ein!«

Martin nickte. Das war jetzt ganz gleich. Er hatte geschafft, was er hatte schaffen wollen. Auch wenn er fortan geringer war als ein Lehrjunge, das hatte Walrabe ihm ja nicht deutlich genug machen können. Doch Martin war sich sicher, dass er den Ratsherren gut im Gedächtnis geblieben war.

»Wir könnten ihn ausliefern lassen. Die Färber werden ihn finden und gern hierher schaffen, ohne dass es jemand merkt. Und dann an den Schultheißen und ab unters Richtschwert. Oder, noch besser, die drüben lassen ihn verschwinden. Die Regnitz fließt da recht schnell, habe ich mir sagen lassen, und die Nürnberger Gräben sind tief.«

»Aber da ist noch dieser Judenjunge. Er ist nach Nürnberg. Ist unseren Leuten entkommen. Vielleicht konnte er schon mit Martin sprechen.«

»Ein Judenknabe mehr oder weniger, wen kümmert's? Lassen wir ihn auch verschwinden!«

»Ihr seid einfältig. Dieser Junge ist mit Sicherheit bei seinesgleichen untergekommen. So einfach ist das nicht! Außerdem, wer sagt uns, dass er der Einzige ist, dem Martin seine Geschichte anvertraut hat?«

»Die hält doch jeder für ein Märchen.«

»Oder auch nicht. Da sind auch noch zwei Siegelstempel, die der Martin hat. Nein, das ist zu gefährlich. Nein, nein ...«

»Was dann? Untätigkeit ist keine Lösung.«

»Wir bleiben nicht untätig. Es dürfte nicht allzu schwer sein, Martin in Nürnberg aufzuspüren. Ein Junge taucht nicht einfach aus dem Nichts in einer Stadt auf, und keiner bemerkt es. Schon gar nicht in Nürnberg, wo die Kaufleute ihre Pfründe bewachen, so eifersüchtig wie ein Drache seinen Hort. Nein, ich weiß etwas Besseres ... etwas viel Besseres! Martin soll nichts geschehen. Vorerst. Und dann ...«

Wenige Stunden, nachdem die Unbekannten auseinander gegangen waren, verließ ein einzelner Reiter die Stadt Bamberg. Niemand behelligte ihn auf seinem Weg nach Nürnberg.

Schlaginhaufen

Wie an Schlaginhaufen herankommen? Martin grübelte nun schon seit ihrer Rückkehr vom Rat, und es wurde bereits Mittag.

Als sie sich an den Mittagstisch setzten, das Dankgebet gesprochen hatten und Frau Walrabe Kochfleisch und Kohlsuppe auftischte, fiel ihm Karl ein. Der Geselle saß jedoch zu weit weg, als dass Martin ihn unauffällig hätte ansprechen können – er musste warten. Nach dem Mahl bot sich bald eine günstige Gelegenheit.

»Du … ich würd mir gern mal die Schlaginhaufens ansehen … damit ich weiß, wer die sind … wo es doch Verräter sind, genau genommen, mit ihren Tuchen für Bamberg und so …«

»Ja! Gut!«, erwiderte Karl.

»Ja … und dafür brauche ich Hilfe! Ich muss doch zu denen, während sie arbeiten, aber da arbeiten wir ja auch!«, flüsterte Martin. »Hast du eine Idee, wie wir das machen können?«

»Müsstest halt während der Arbeit hin«, meinte Karl.

»Aber das geht ja nicht! Außer … he, außer ich muss denen was bringen oder so!«

Karls rundes Gesicht leuchtete auf.

»Gute Idee!«

»Ja, aber was? Kannst du nicht was machen, damit einer von uns was rüberbringen muss? Am besten zur Vesper, da wird keiner Lust haben, und ich melde mich dann freiwillig!«

»Hm!«, machte Karl und fuhr sich über den Stoppelbart. Man konnte sehen, wie es hinter seiner Stirn arbeitete. Denken war nicht Karls Stärke. Dann nickte er.

»Zur Vesper. Dann siehst dir mal die Verräter an!«

»Mach ich!«, zischte Martin vergnügt und ging wieder an die Arbeit.

Gerade wurde die nachmittägliche Vesper verkündet, da rief Karl tatsächlich: »Einer muss mir eine Elle blauen Stoff von den Schlaginhaufens holen!«

»Wir haben noch blauen Stoff!«, erwiderte Meister Walrabe, und Martin sank das Herz in die Hose. Aber Karl ließ sich nicht beirren.

»Ich brauche aber gekarten Nürnberger. Der ist alle. Vielleicht ein Lehrjunge – Holger.«

Martin senkte den Kopf, während seine Kameraden erleichtert aufatmeten. Keiner von ihnen wollte seine Vesper damit vertun, für Karl irgendetwas zu holen.

Martin hatte ein mulmiges Gefühl, als er zu Schlaginhaufens losging. Zwar hatte Karl ihm den Weg beschrieben, aber er musste trotzdem schon bald nach der Richtung fragen. Glücklicherweise war der Name jenes Gewandschneiders so bekannt, dass schon der Erste, den er fragte, ihm weiterhelfen konnte. Es war Nachmittag, heiß und trocken, und in den Straßen wirbelte der Staub. Zwar besaß Nürnberg ein System aus Abzugsgräben, durch die der Unrat aus der Stadt geleitet wurde, doch wurden die Straßen nur wöchentlich richtig gereinigt, und obwohl die Stadt ständig von Aassammlern nach toten Tieren durchkämmt wurde, wehte aus allen Gassen und Ecken ein süßlicher Gestank herüber.

Als Martin den gepflasterten Markt überquerte, klapperten seine hölzernen Trippen auf den von der Sonne glutheißen Pflastersteinen. Obwohl er nur seinen Kittel trug, begann er rasch zu schwitzen. Er bog in eine schmale Gasse ein, deren Häuser wohltuend Schatten spendeten, ließ das Gebrüll der Händler hinter sich und strebte auf ein geducktes Fachwerkhaus zu, das die Gewandschneiderei beherbergen musste. Er vergewisserte sich mit einer Nachfrage bei einem Passanten und betrat die Werkstatt, deren Tore weit offen standen. Gesellen und Lehrjungen arbeiteten an Webstühlen und Färberbottichen.

»Meister Schlaginhaufen?«, wandte Martin sich an einen graubärtigen Mann.

»Dahinten!«, bekam er zur Antwort. Als Martin zwischen Tuchen und Webstühlen hindurchging, musste er unwillkürlich daran denken, dass sein Vater vielleicht, nein, hoffentlich hier gewesen war, genau hier, kurz bevor er ermordet wurde. Der Gedanke berührte ihn seltsam.

Meister Schlaginhaufen begutachtete gerade ein grün gefärbtes Wolltuch.

»Ja?«, fragte er schließlich und blickte Martin an. Der Meister war ein junger Mann, Kinn und Wangen umkränzt von einem lichten Bart, mit schulterlangen, hellbraunen Haaren und ebenso braunen Augen – vielleicht der letzte Mensch, mit dem Chunrad gesprochen hatte, kam es Martin in den Sinn.

Meister Schlaginhaufen begann schon, seltsam zu gucken, und Martin riss sich zusammen.

»Meister … Meister Walrabe schickt mich. Sie brauchen Nürnberger gekarten blauen Stoff. Eine Elle«, sagte er. Schlaginhaufen nickte.

»Kenn dich noch gar nicht«, meinte er, während er einen Lehrjungen herbeiwinkte. »Neu?«

Martin nickte.

»Aus Schweinfurt«, fügte er hinzu. Und jetzt geh ich aufs Ganze, dachte er. »Haben dort Meister Chunrad aus Bamberg beliefert mit Tuch kölnischer Art.«

Schlaginhaufen horchte auf.

»Chunrad aus Bamberg? Den haben doch eigentlich *wir* beliefert. Seltsam«, brummte er.

»Aber dann haben wir erfahren, dass er gestorben ist. Überfall«, fuhr Martin fort. Ein Zucken lief über Schlaginhaufens Gesicht.

»Habe davon gehört«, brummte er. »Aber wenn ihr in Schweinfurt ... doch das geht mich nichts an. Hans, er braucht blaues Tuch!«

Der Lehrjunge, der den letzten Teil des Gesprächs mit unverhohlener Neugier mitverfolgt hatte, führte Martin zu einer großen Kiste. Er musste sich tief hinunterbeugen, um darin herumzukramen.

»Kommst aus Schweinfurt?«, fragte er über die Schulter.

»Genau.«

Aus den Tiefen der Kiste drang ein gedämpftes Kichern.

»Oje oje, aus dem Nest, fast so blöde wie Bamberg«, hörte Martin. »Nix für ungut ... Augenblick ...«

Martin hatte gute Lust, dem Jungen einen ordentlichen Tritt zu geben.

»Aber ihr habt doch auch Bamberger beliefert. Chunrad

zum Beispiel. Dazu wart ihr euch wohl nicht zu fein«, giftete er.

»Wir haben den auch ordentlich zahlen lassen ... Mist, wo ist denn dieser blöde Tuchballen ... Aha!«, drang es aus der Kiste.

»Die anderen sagen, *ihr* seid Verräter, weil ihr mit den Bambergern noch kurz vor dem Aufstand Geschäfte gemacht habt!«, zischte Martin, als Hans mit der Tuchrolle in den Armen zu einer Werkbank ging.

»Klar sagen die das, die Neidhammel! Dabei haben wir nur den Chunrad beliefert.«

»Er ist tot.«

»Eben! Dabei können wir ja nun wirklich nichts dafür, wenn er einfach so in die Werkstatt kommt, wenn keiner mehr arbeitet! Hier«, er zeigte Martin ein Wachssiegel auf einer Ecke des Tuches, »der Qualitätsstempel vom Zeichenmeister, ist beste Ware ... fast hätten wir's den Bamberger Deppen nicht zeigen können, nur weil er was ... aber er hatte ja 'nen Unfall.«

»Überfall«, korrigierte Martin und maß die Länge ab. »Ihr habt den doch verursacht, den Unfall, nicht?«

»Hat ja auch was mitbekommen, was ihn gar nichts anging«, erwiderte Hans.

»Was hat er denn gehört?«

Hans lachte.

»Na was schon! Wissen wir hier in Nürnberg doch am

besten. Nicht gerade hell, ihr Schweinfurter, wie? Aber wenn …«

»Was gibt es zu tuscheln?«

Die beiden schraken hoch. Meister Schlaginhaufen kam auf sie zu und sah nicht sehr freundlich aus.

»An die Arbeit! Fürs Tratschen seid ihr nicht hier. Habt Ihr Euer Tuch?«

Martin nickte eilig. Er ließ bei Schlaginhaufen die Unkosten für das Tuch anschreiben und verließ die Werkstatt.

Als er Walrabes Schneiderei betrat, stieß er fast mit dem Meister zusammen, der mit einem stämmigen, etwa dreizehnjährigen Jungen aufs Kontor zuging. Der Junge überreichte Walrabe ein Schreiben. Am Vorhang zum Kontor überflog der Meister es und winkte seinen Gast herein.

Florian war gekommen. Karl erzählte es Martin, kaum dass die beiden im Kontor verschwunden waren. Genaueres wusste er aber auch nicht. Als der fremde Junge namens Florian kurz darauf mit Meister Walrabe aus dem Kontor trat, da war er ein neuer Lehrjunge in der Werkstatt. Florian überblickte den Raum mit seinen strahlend blauen Augen. Sein Blick blieb für die Dauer eines Herzschlages auf Martin hängen und wanderte weiter.

Als Johnathan wieder erwachte, lag er immer noch auf dem Bauch im Bett. Er fühlte sich bereits etwas besser. Sein Kopf war klarer. Seine Gedanken waren tranig, aber immerhin konnte er wieder einigermaßen klar denken. Der Schweiß auf seiner Stirne war klebrig geworden. Es gab etwas, was sehr wichtig war. Er versuchte, sich aufzurappeln, und fiel mit einem Japsen ins Bett zurück; die Schmerzen raubten ihm beinahe die Sinne. Er stemmte sich dagegen, zwang sich, bei Bewusstsein zu bleiben, und drehte den Kopf. Augenblicklich wurde er mit neuen, heftigen Schmerzen bestraft. Doch er hatte bereits gesehen, was er suchte: Eine Frau hielt schweigend an seinem Bett Wache.

»Martin muss kommen«, keuchte er und sank zurück. Die Frau schrak hoch.

»Aber wer ist das?«, wollte sie wissen. »Du hast im Fieber ständig diesen Namen gesagt!«

»Er ist neu nach Nürnberg gekommen, vor ein paar Tagen. Bestimmt nennt er sich hier anders, aber ich glaube, er wird versuchen, bei einem Schneider als Lehrling unterzukommen … sucht ihn, ich bitte Euch, es ist sehr wichtig! Und keiner darf es wissen. Sagt ihm, Jürgen schicke nach ihm, und leitet ihn her … Jürgen, ja? Bitte!«

Damit verließen ihn seine Kräfte. Frau Nimrod streichelte ihn und versprach, sich darum zu kümmern. Johnathan konnte nur beten, dass sie oder ihr Mann Martin finden würde.

Martin war erstaunt, als Florian am Abend in ihrem Schlafgemach erschien. Da lag Martin bereits im Bett, und Michael machte Anstalten, seinem Beispiel zu folgen. Doch Florian legte ihm die Hand auf die Schulter.

»Hier ist nur Platz für zwei«, stellte er fest. Michael sah ihn trotzig an und zuckte mit den Schultern.

»Und ich schlafe heute Nacht in einem Bett«, fuhr er fort.

»Und wo soll ich dann hin?«, rief Michael. Sein zierlicher Körper zitterte vor Aufregung. Florian verstärkte seinen Griff ein wenig.

»Du wirst schon etwas finden, Kleiner!«

Michael musterte abwechselnd Florians entschlossene Miene und die kräftige Hand auf seiner Schulter, bekam es mit der Angst zu tun und machte sich schimpfend davon.

»So weit kommt's noch, dass kleine Kinder uns die Betten stehlen«, höhnte Florian. Martin konnte einen Anflug von Bewunderung nicht verhehlen. So wäre er auch gern mit Michael umgesprungen! Er hoffte inständig, dass dem Kerl für diese Nacht nur noch die Dielen blieben.

Florian grinste ihm zu, streckte sich – tatsächlich war er

schlank, aber die Muskeln spannten sich an seinen Armen, als wäre Schneidern nicht das Einzige, was er getan hätte – und ging ohne ein weiteres Wort schlafen. Mit dem Verlöschen des Kienspans wurde es dunkel.

Mit Florians Auftauchen änderte sich Michaels Verhalten schlagartig. Denn Florian tat überwiegend die gleichen Arbeiten wie Martin, und wenn er Michael sah, dann lag ihm stets eine spöttische Bemerkung auf den Lippen, über die Martin herzhaft lachen konnte. Florian war ansonsten nicht sehr gesprächig, aber in seinem Schweigen fühlte Martin sich sicher. So hatte er wieder Ruhe, um über den Volltreffer bei Schlaginhaufens nachzugrübeln. Man hatte ihm die aufreibende Aufgabe zugewiesen, Garnsorten zu entwirren, was ihm umso mehr Zeit zum Nachdenken gab.

Sein Vater Chunrad war also beim Gewandschneider gewesen, ganz wie er es gehofft hatte. Hatte dort Tuch gekauft. Hatte etwas gehört, was er nicht hatte hören sollen – behauptete wenigstens Hans. Und war kurz darauf, als er nach Bamberg zurückfuhr, ermordet worden. Nur: *Was* hatte er gehört? Was war so wichtig, dass Schlaginhaufen ihn hatte ermorden lassen? Denn davon war Martin überzeugt. Chunrad war zuletzt in Schlaginhaufens Werkstatt gewesen, dort hatte er etwas erfahren, was nicht für seine Ohren bestimmt war, und daraufhin … Wenn doch nur Johnathan hier wäre, sein Freund, mit dem war alles so klar, so offensichtlich …

Nun gut. Martin ballte die Fäuste. Schlaginhaufen war also der Mörder, das war wenigstens klar. Er hatte den Mörder seines Vaters gefunden! Er hatte ihn gefunden …

»Ist was?«

Martin schrak hoch. Florian blickte ihn an.

»Hast vor dich hingestarrt und dabei die Lippen zusammengepresst, als ob du Nüsse knacken wolltest«, meinte er.

»Ach, nichts«, sagte Martin und konzentrierte sich auf die Garne.

»Hast wohl Heimweh nach *Schwein*furt!«, höhnte Michael vom Nachbartisch.

»Maul!«, fuhr Florian ihn an. Michael zuckte zusammen und sagte nichts mehr.

»Nicht diese Worte, meine Herren!«, rief Walrabe herüber. »Das nächste Mal zahlt ihr Strafe!«

Martin warf Florian, der sich bereits wieder seiner Arbeit zugewandt hatte, einen dankbaren Blick zu. Aber Michaels Spott hatte Erinnerungen in ihm wachgerufen, die ihm tatsächlich im Herzen wehtaten. Er saß hier, untätig eigentlich, während seine Mutter und sein Bruder im Kerker schmachteten …

Gleich nach Arbeitsende, nachdem er mit Florian und Michael die Werkstatt gekehrt und aufgeräumt hatte, ging er in die Kirche und betete bei der Heiligen Jungfrau für

Mutter und Bruder. Diese Nacht schlief er recht gut; allerdings hatte er einen Albtraum, worin die Mauern des Schuldturmes immer dicker und dicker wurden, aber nicht nach außen hin, sondern nach innen, bis Kordula und Thomas kaum mehr Platz zum Stehen hatten. Er erwachte, gerade als die Mauern die beiden zu erdrücken drohten. Doch er beruhigte sich rasch: Florians Nähe spendete ihm Schutz. Ihm war wohl mit diesem Jungen auf seiner Seite – und Florian *war* auf seiner Seite, er wusste es. Zum ersten Mal seit seiner Ankunft in Nürnberg fühlte er so etwas wie Geborgenheit.

Am nächsten Tag gab es viel zu tun. Martin hätte wohl keine Zeit gehabt, sich weiter um seine Entdeckung bei Schlaginhaufen zu kümmern, wäre nicht etwas geschehen, was seinen Nachforschungen eine neue Wendung gab.

Um die Mittagszeit betrat ein gut gekleideter Mann die Werkstatt. Bei seinem Erscheinen begannen Gesellen und Lehrlinge sofort, aufgeregt zu flüstern: Der Mann trug einen runden, deckelähnlichen Hut, einen Spitzbart und Koteletten. Er war Jude.

Nach einem raschen Blick über die Werkstatt ließ er sich von Walrabe ins Kontor führen. Als sie wieder daraus hervorkamen, lachte der Fremde über eine Bemerkung Walrabes und machte eine Geste in Martins Richtung. Walrabe nickte Martin mit einem leidenden Blick zu.

»Zeig ihm den Tassel für die Dame Seuber!«, meinte er. Martin nickte und zog den entsprechenden Mantel hervor. Als der Mann sich über das Werkstück beugte, sagte er leise und unhörbar für die anderen: »Jürgen?«

Martin erstarrte. Er schluckte und deutete ein Nicken an. Jürgen: So hatte Johnathan sich genannt, damals, als er ihm zum ersten Mal begegnet war.

»Komm zu Familie Nimrod, so schnell du kannst«, hauchte der Mann, während er den Mantel mit gespieltem Interesse in den Fingern drehte. »Im Judenviertel. Komm schnell!«

Martin nahm den Tasselmantel entgegen und nickte, ebenso aufgeregt wie verwirrt. Der Mann verabschiedete sich von ihnen und ging hinaus.

Martin konnte kaum erwarten, dass es Feierabend wurde. Sobald er entlassen war, lief er mit einem Gemisch aus Freude und Angst los. Zum Judenviertel! Wenn da tatsächlich sein bester Freund auf ihn wartete, wie er hoffte, dann konnte das kaum etwas Gutes heißen.

Zu Nimrods hatte er sich rasch durchgefragt. Frau Nimrod empfing ihn, kaum dass er seinen richtigen Namen genannt hatte, und geleitete ihn hinauf zur Stube.

»Ich hoffe, er schläft nicht«, meinte sie. Als sie Martins fragenden Blick auffing, sagte sie knapp: »Du wirst sehen«, und öffnete ihm die Tür.

Johnathan sprang aus dem Bett, kaum dass Martin ins Zimmer getreten war. Martin erschrak, als er die vom Schmerz ausgezehrte Gestalt seines Freundes sah. Seine sonst gesund hellbraune Haut war bleich. Der dicke Verband um die Brust erschreckte ihn noch mehr. Doch ehe er fragen konnte, hatte Johnathan ihn mit dem gesunden Arm umarmt.

»Endlich!«, rief er mit unbändiger Freude.

»Ab ins Bett!«, ließ sich da die befehlende Stimme von Frau Nimrod vernehmen. »Du holst dir den Tod!«

Johnathan gehorchte widerwillig, strahlte aber übers ganze Gesicht. Als er sich aufs Bett gesetzt und die Decke um sich geschlungen hatte, wies er auf den Hocker, auf dem seine Kleider lagen.

»Schmeiß meine Sachen auf die Bank! Brauch ich eh so bald nicht«, erklärte er. Frau Nimrod war inzwischen gegangen und hatte die Tür hinter sich geschlossen.

»Was ist mit Kordula und Thomas? Und was ist mit dir passiert?«, wollte Martin wissen. Johnathan grinste und erzählte von seinem Abenteuer beim Ritt nach Nürnberg, das ihn um ein Haar das Leben gekostet hätte. Was Martins Familie betraf, konnte er allerdings nur die Schultern heben. Martin hörte ihm zu, bebend vor Ungeduld, und riss entsetzt die Augen auf, als Johnathan von seiner Offenbarung dem Schmied gegenüber berichtete.

»Und da habe ich dich verraten. Ohne es zu wollen«, schloss Johnathan und sank erschöpft in sein Bett zurück.

»Nein … hast du nicht«, versuchte Martin, ihn zu beruhigen. »Was glaubst du, tut der Schmied jetzt?«

Johnathan zuckte mit den Schultern.

»Keine Ahnung«, meinte er. »Aber ich bin sicher, er *wird* etwas tun. Und ich kann dir nicht mal helfen!« Er bewegte den Rücken und verzog das Gesicht.

»Wirst du wieder gesund?«, fragte Martin. Johnathan lächelte.

»Hoffe ich doch. Unsere Ärzte wollen ihre Patienten *heilen*. Nicht wie euere Bader. Für die geht es einem ja umso besser, je mehr Blut sie einem abgelassen haben. Aber bis ich wieder gesund bin, das dauert!«

»Ich bete für dich«, versprach Martin. »Aber vielleicht kannst du mir helfen? Ich weiß jetzt, wo mein Vater Tuche gekauft hat, der Meister hat ihn umgebracht!«

Johnathan hob die Augenbrauen. Eilig erzählte Martin von seiner Entdeckung. »Also ist Meister Schlaginhaufen der, der den Mord befohlen hat«, schloss er.

»Wieso?«

»Weil Chunrad etwas gehört hat, was nicht für seine Ohren bestimmt war!«

»Und deshalb lässt Schlaginhaufen ihn gleich umbringen?«

»Weil es etwas Wichtiges war, klar!«

»Ich meine, warum Schlaginhaufen? Vielleicht hat jemand anders erfahren, dass Chunrad was gehört hat. Schlaginhaufen muss deshalb noch nicht der Mörder sein!«

»Du siehst das immer so klar«, seufzte Martin niedergeschlagen. »Wer soll's denn sonst gewesen sein?«

»*Das* musst du herausfinden!«, ächzte Johnathan, dem durch das anstrengende Sprechen Schweißperlen auf die Stirne getreten waren. »Genau das!«

»Aber ohne dich … ich hätt ja schon Schlaginhaufen für den Mörder gehalten! Außerdem, um Kordula und Thomas freizukriegen, da brauch ich doch was in der Hand! Beweise!«

»Du wirst das schaffen«, ermunterte Johnathan ihn. »Ich bin immer hier. Bleibt mir gar nichts anderes übrig.« Er verzog die Lippen. »Komm einfach vorbei, wenn du wieder was weißt, ich hör mich dann hier um, und dann besprechen wir das. Wir kriegen den Mörder!«

Martin nickte betrübt. Sie redeten noch eine Weile über dies und das, dann war Johnathan so erschöpft, dass Martin nichts anderes übrig blieb, als zu gehen.

»Viel Glück!«, rief Johnathan ihm nach.

Es dunkelte schon, als Martin auf die Straße trat. Er musste sich beeilen: Er hatte keine Laterne dabei, und er fürchtete, dass man hier genauso wenig zimperlich mit dieser Sache umging wie in Bamberg. Dort kam man in den Karzer, wenn man bei Dunkelheit ohne Licht auf der Straße angetroffen wurde. Noch dazu war er sehr aufgeregt. Mit allem hätte er gerechnet, aber niemals damit, dass Johnathan den beschwerlichen Weg nach Nürnberg auf sich nehmen würde. Und beinahe hätte er die Reise nicht überlebt. Martin spürte ein tiefes Gefühl der Dankbarkeit in sich aufsteigen. Dankbarkeit und große Freundschaft. Aber auch Beunruhigung. Verdammt große Beunruhigung! Denn nicht nur wusste der Schmied, wo er sich verbarg, er hatte zudem bewiesen, dass er auch vor neuerlichem Mord nicht zurückschreckte. Also befand er, Martin, sich mal wieder in Lebensgefahr. Na gut, daran wenigstens hatte er sich fast schon gewöhnt.

So grübelte er im Gehen vor sich hin. Bis er merkte, dass genau das geschehen war, was er stets befürchtet hatte: Er wusste nicht mehr, wo er war. Die Straße sah für ihn genauso aus wie alle anderen, die nächste Querstraße half seiner Erinnerung auch nicht auf die Sprünge, und die

Dunkelheit begann, sich unaufhaltsam in den Gassen zu verdichten. Und er hatte keine Laterne dabei. Und Johnathan war hier. Und war schwer verletzt. Und Kupferschlager wusste, wo er war. Und er hatte sich verlaufen.

Martin rang verzweifelt die Hände. Nach dem Weg fragen … natürlich, nach dem Weg fragen. Alles gar nicht so schlimm. Nach dem Weg fragen, Johnathan würde gesunden, Kupferschlager ihn in einer so riesigen Stadt wie Nürnberg nicht finden. Alles kein Problem. Kein Problem!

Also fasste er sich ein Herz und fragte den nächstbesten Passanten. Der Mann sah den Jungen vor sich prüfend an, der ihn da mit zittriger Stimme und flatterndem Blick ansprach, und erklärte ihm den Weg.

In der Klemme

REICHLICH DURCHEINANDER BETRAT Martin die Schneiderwerkstatt, nickte dem Meister und den Gesellen zu, die bei Tisch zu Abend aßen, und trottete mit einem knappen »Müde!« hinauf in den ersten Stock und in sein Bett.

»Wo warst?«, fragte Florian, als er wenig später gleichfalls heraufkam und sich hinlegte. Doch Martin stellte sich schlafend und haderte mit seinen Gedanken.

Er fragte sich, wie er den Faden weiterverfolgen sollte, den er aufgenommen hatte. Johnathan hatte gemeint, Schlaginhaufen müsse nicht unbedingt der Mörder sein. Aber wie herausfinden, wer es wirklich gewesen war? Ohne die Hilfe seines Freundes?

Aber vielleicht über Karl. Karl hatte Schlaginhaufen ja erst ins Spiel gebracht. Vielleicht konnte der ihm mehr darüber verraten, wann und weshalb Schlaginhaufen bestraft worden war. Und vor allem, von wem. Gleich morgen würde er ihn fragen. Die Aufregung über sein Vorhaben kostete Martin einen guten Teil der Nacht an Schlaf, und Florian murrte widerwillig, als Martin sich unruhig hin- und herwarf. Einmal fluchte Florian leise, aber nicht wegen Martin, wie sich herausstellte: Er kroch aus dem Bett und ging hinab in den Hof, um sich eines drängenden Bedürfnisses zu entledigen.

Am nächsten Morgen war Martin dementsprechend verschlafen. Aber wenigstens das Aufstehen wurde ihm leicht gemacht: Florian fackelte nicht lange – nach seinem zweiten erfolglosen Weckversuch zog er fest an der Bettdecke, was dazu führte, dass Martin wie aus einem aufgerollten Teppich aus dem Bett gewirbelt wurde und hart auf dem Dielenboden aufschlug. Stöhnend und die Hände auf Stirn und Ellenbogen gepresst, erhob er sich und griff nach seinen Sachen, während Florian schon auf dem Weg nach unten war.

»Du hast mir noch gar nicht von Schlaginhaufen erzählt«, meinte Karl, als Martin neben ihm arbeitete. Martin blickte ihn erstaunt an – er war in Gedanken ganz woanders gewesen – und nickte. Kurz berichtete er von seinem Besuch.

»Und da hab ich noch was gehört«, sagte er und senkte die Stimme. Unwillig bemerkte er, wie seine Handflächen feucht wurden. »Einer von denen hat mir doch tatsächlich erzählt, dass sie …«, er sprach noch etwas leiser, »… dass sie einen Chunrad Gunrabe aus Bamberg beliefert haben! Haben die mir ganz offen gesagt! Einen Bamberger! Kurz vor dem Aufstand!«

»Siehst, das hab ich dir ja gesagt«, nickte Karl. »Die haben bis zuletzt mit Bambergern rumgehandelt, ganz gleich, was wir anderen beschlossen haben.«

»Aber der Gunrab ist auf dem Rückweg nach Bamberg umgekommen. Haben die Schlaginhaufens ihren Verrat bereut und ihn getötet? Das wäre doch ganz gut von ihnen!«

»Diese Angeber!«, platzte es aus Karl heraus. Sein fülliger Leib bebte vor Entrüstung. »Die waren's nicht. Die hätten 'nem Bamberger doch niemals ein Haar gekrümmt!«

»Mein ich doch«, zischte Martin.

»Eben. Nein, nein, das haben andere gemacht.«

»Und wer?« Martin spürte, dass er zitterte. Doch Karl bemerkte seine Aufregung nicht. Er hob die massigen Schultern und machte eine ratlose Miene.

»Wenn ich das wüsst«, brummte er. »Ich würd ihm die Hand schütteln! Aber Walrabe meint, es ist einer von ganz oben gewesen, und so einer spricht nicht mit einfachen Leuten wie unsereinem! Schon gar nicht über so spannende Sachen. Meckert höchstens.« Er lachte leise. Martin konnte seine Erregung nur mit Mühe verbergen. Er war ganz dicht dran. Ganz dicht! Doch Karl wusste wohl wirklich nicht mehr, als er gesagt hatte.

Kurz nach ihrem Gespräch betraten zwei Männer die Werkstatt. Sie blickten sich um, wechselten einige Worte mit Meister Walrabe und sahen in aller Ruhe die Tasselmäntel durch, die Walrabe auf einer Werkbank ausbreitete. Schließlich entschieden sie sich für ein Stück. Der eine der beiden blickte sich um, entdeckte Martin und winkte ihn herbei.

»Trag das!«, befahl er und reichte ihm den Tassel, der aus schwerer, grober Wolle gefertigt war. Martin warf Walrabe einen fragenden Blick zu, doch der Meister hatte sich bereits abgewandt. Also marschierte Martin hinter den Unbekannten her.

Sie liefen eine ganze Weile durch die Stadt, in Richtung Süden, überquerten den Fluss und gingen weiter. Martin hatte Mühe, Schritt zu halten. Zudem schien der Mantel in seinen Armen mit jedem Schritt mehr zu wiegen.

»Nicht gerade kräftig für einen Gesellen!«, spottete der jüngere der beiden Männer, der einen sorgsam gestutzten Bart trug und Herrmann hieß. »Bring's die Treppe hoch«, befahl er und wies auf eine offen stehende Haustür. Gehorsam trug Martin den Tassel durch die Diele und stieg die Treppe hoch. Im Obergeschoss führte Herrmann ihn in ein kleines Wohnzimmer und deutete auf einen Tisch.

»Wie kommt's, dass du schon Geselle bist?«, fragte Herrmann. Martin sah erschrocken auf.

»Bin ich eben«, erklärte er. Er spürte, wie sein Herz stärker zu schlagen begann.

»Besonders begabt? Kannst viel?«

Martin begann zu schwitzen. Plötzlich kam ihm der Raum verdammt klein vor, und auf dem Weg zur Tür stand ihm Herrmann im Weg. Eine perfekte Falle …

»Mein Meister sagt, ich soll die Welt sehen. Er meint, je früher, desto besser.«

»Gut. Sag, wie viel schulden wir euch, wenn ihr noch eine Gugel drauflegt, eine einfache, sandbraune aus Lodenstoff?«

Martin sah ihn verdattert an. Mit Preisen kannte er sich nicht aus. Und rechnen konnte er noch gar nicht. Sein Herz hämmerte nun wie ein Schmiedehammer. Ehe er sich eine Ausrede ausdenken konnte, grinste Herrmann, als hätte er Martin auf frischer Tat ertappt.

»Ist schwer zu sagen, wenn man die Preise nicht kennt und nicht rechnen kann, was?«

Martin starrte ihn an wie ein in die Enge getriebenes Tier. Er wollte etwas sagen, aber sein Mund war zu trocken. Sein Herz pochte so stark, dass er fürchtete, es könne ihm jeden Augenblick aus der Brust hüpfen.

»Ein Geselle *kennt* die Preise seiner Werkstatt. Und er sollte schon rechnen können. Oder weiß das dein so guter Meister etwa nicht?«

Martins Blick flog zwischen den Männern hin und her.

Der Ältere, der sich schräg hinter Herrmann vor der Tür aufgebaut hatte, verschränkte die Arme.

»Nun frage ich mich, was ein solcher Geselle bei Meister Walrabe tut. Ich möchte sogar fragen, ob du, Junge, tatsächlich aus Schweinfurt kommst. Man könnte Zweifel haben, nicht wahr? Aber wahrscheinlich reden wir Unsinn. Klärt uns auf, damit wir verstehen!«

Der letzte Satz trug den unüberhörbaren Beiklang von Spott. Martins Blick irrte in dem kleinen Raum umher – und fiel auf das Fenster, dessen Holzladen zur Hälfte vorgeschoben worden war.

»Ich bin Geselle«, stieß er trotzig hervor. Herrmann grinste.

»Du sagst das, als würdest du deine Worte selbst nicht glauben. Nein, mein Freund. *Du* hast dich verraten. Das wird ...«

Weiter kam er nicht. Martin versetzte ihm mit beiden Händen einen Stoß vor die Brust. Es war, als wolle er einen Fels beiseite stoßen; aber immerhin wankte der Mann ob der unerwarteten Attacke. Martin wirbelte herum, sprang zum Fenster, spürte eine kräftige Hand in seinem Genick, doch glitten die Finger ab. Er riss den Holzladen beiseite und setzte über die Fensterbank hinaus ins Freie.

Zwei Schritt tiefer landete er auf dem Hof, federte den Aufprall zwar mit den Beinen ab, konnte jedoch nicht vermeiden, dass sein Fuß einknickte. Ein stechender Schmerz durchfuhr seinen Knöchel. Er japste, kam aber sogleich wieder hoch und spurtete los. Eine Schar Enten stob unter lautstarkem Geschnatter auseinander, als er auf den Zaun zueilte, der den Hof vom Nachbargrundstück trennte. Mit einer Hand stützte er sich auf dem Zaun ab und schwang sich hinüber. Diesmal landete er weich, aber nur, da er auf eine Magd gesprungen war, die tief vornübergebeugt Unkraut jätete. Die Frau kreischte. Martin kugelte über die frisch gewendete Erde und kam wieder auf die Beine, doch diesmal wurde seine Bewegung mit einem solchen Schmerz im Knöchel bestraft, dass ihm abermals der Fuß einknickte und er mit zusammengebissenen Zähnen auf das offen stehende Hoftor zuhumpelte. Hinter ihm hatte die Magd sich vom Schrecken erholt und ergriff eine Bohnenstange. Gerade schleppte Martin sich durchs Hoftor, da hatte sie ihn erreicht und ließ ihn unter Geschrei und Gekeife die Bohnenstange spüren. Martin hob schützend die Hände über den Kopf, entdeckte die Tür, die auf die Straße hinausführte, und eilte darauf zu. Zu seinem Glück war außer der Magd niemand im Haus, und so stolperte er hinaus. Die Magd blieb stehen und rief ihm allerlei Schimpfworte hinterher.

Zwar war er die Frau los, aber Martin wusste von einer früheren, ganz ähnlich abgelaufenen Verfolgungsjagd, dass er noch lange nicht in Sicherheit war. Jeden Augenblick konnten die beiden Männer am Ende der Straße auftauchen.

Die Schmerzen im Knöchel trieben ihm die Tränen in die Augen. Doch er biss die Zähne zusammen und rannte, stolperte und humpelte weiter. Als nach zwei Straßen und seit Beginn seiner Flucht immer noch kein Anzeichen von seinen Verfolgern zu sehen war – verfolgten sie ihn überhaupt noch? –, sank er keuchend in einer Ecke zusammen und gönnte sich eine Pause. Fest hielt er seinen Knöchel gepackt, der immer neue Wellen von Schmerz das Bein hinaufschickte, und hatte nur einen Gedanken im Kopf: Sie hatten ihn gefunden. Kupferschlager wusste, wo er war. Und seine Schergen waren sogar hier in Nürnberg. Wären die Schmerzen in seinem Bein nicht derartig groß gewesen und hätte die Flucht ihn nicht so erschöpft, Panik hätte ihn ergriffen: Er war verloren, dachte er. So gut wie tot. Trotzdem musste er zu Walrabe zurück, was blieb ihm anderes übrig. Zumindest solange er in der Werkstatt blieb, durfte er sich einigermaßen sicher fühlen.

Der Schmerz ließ langsam nach. Nach einer Weile raffte er sich auf. Vorsichtig belastete er das Bein, und sogleich wurde er mit einem starken Kneifen bestraft. Aber es war erträglich. Martin wischte sich die Tränen aus den Augen und den Schweiß von der Stirn und machte sich auf den Rückweg.

Florian schenkte ihm einen offen erstaunten Blick, als er reichlich zerzaust in die Werkstatt gehumpelt kam. Martin hob die Augenbrauen und ließ sich auf seinen Hocker fallen, um mit seiner Arbeit fortzufahren.

»Was ist?«

Er sah auf und blickte in das Gesicht des Meisters. Walrabe blickte streng.

»Kleine Hauerei mit ’nem Straßenjungen«, log Martin. Meister Walrabe sah ihn qualvolle Augenblicke lang prüfend an und wandte sich dann endlich wieder ab. Martin atmete auf.

»Hast’s ihm ordentlich gegeben?«, ließ sich Karl aus dem Hintergrund vernehmen.

Während Martin nähte, ging ihm wieder und wieder das Verhör durch den Kopf – denn nichts anderes war es gewesen. Kupferschlager hatte ihn tatsächlich in dieser riesigen Stadt ausfindig machen können. Johnathan war verletzt. Martin stieß die Nadel mit Gewalt durch den Lodenstoff. Sie beide befanden sich in höchster Gefahr! Und er hatte keine Ahnung, was er jetzt tun sollte.

»Was’n los?«, fragte Florian, als sie sich zum Schlafengehen bereitmachten. Die Luft im Zimmer war stickig. Gelegentlich huschten die Schemen von winzigen Wesen durch die Ecken.

Martin starrte ihn an. Der Kienspan in seiner Nische schickte unstete Schatten über Florians Gesicht, das ehrlich besorgt war. Seine Muskeln kamen bei diesem Licht besonders gut zur Geltung. Florian war stark. Florian versprach

Schutz. Und also brach es aus Martin heraus. Er erzählte leise und hastig von dem Geschäft, das Walrabe mit ihm vereinbart hatte, verriet aber nichts von Johnathan oder Kupferschlager oder dem wahren Grund, warum er nach Nürnberg gekommen war, und tat auch noch so, als sei er wirklich ein Geselle. Florian stieg ins Bett und wickelte sich in die Decke, hörte jedoch stets aufmerksam zu. Nur als Martin von den beiden Männern zu berichten begann, die heute gekommen waren, unterbrach er ihn: »Leg dich hin. Erfrierst sonst. Und lösch das Licht.«

Nachdem Martin getan hatte, wie ihm geheißen, sprudelten die Worte weiter aus ihm heraus. Dann verwickelte er sich in Widersprüche, weil er so tat, als sei er wirklich ein Geselle, wie er es Walrabe erzählt hätte.

»Grade hast du was anderes gesagt«, ließ sich Florian an einem Punkt vernehmen.

Martin druckste. Florian war wohl nicht allzu schlau, aber dumm war er auch nicht. Er ahnte doch, dass mehr dahinter steckte! Und wem sonst außer Johnathan konnte er in dieser Stadt vertrauen, wenn nicht Florian …

»Ich bin gar kein Geselle«, platzte er heraus. »Ich hab Meister Walrabe angelogen! Ich bin in Wirklichkeit nur ein Lehrjunge und auch nicht von meinem Meister auf Wanderschaft geschickt worden!«

Florian wirkte nicht sonderlich überrascht und schwieg, während Martin weitererzählte.

Als er erschöpft seine Erzählung beendete, seufzte Florian ein »Ach je!« und drehte sich ohne ein weiteres Wort zum Schlafen um. Martin aber lag in der Finsternis da und fühlte sich erleichtert.

Am nächsten Tag war Martin so auffällig unruhig, dass selbst Karl es bemerkte. Zunächst überlegte Martin, was er tun konnte, kam aber rasch zu dem Schluss, dass es nun einmal so war, wie es war, und er am besten weiter in Walrabes Werkstatt blieb, als wäre nichts geschehen. Nur eines war möglich: so schnell wie möglich mit seinen Nachforschungen fortfahren. Doch ohne Johnathan kam er sich hilflos vor – er wusste einfach nicht, wie er weitermachen sollte. Und Florian war zwar stark, aber mindestens ebenso wortkarg. Wenigstens fühlte Martin sich in seiner Nähe ein klein wenig sicherer. Ihn drängte der Wunsch, Florian die ganze Wahrheit zu verraten und dann gemeinsam mit ihm nachzuforschen, so wie er es in Bamberg mit Johnathan gemacht hatte. Aber noch war seine Scheu zu groß, und irgendwie konnte er es sich auch nicht so richtig vorstellen.

So verging der Vormittag. Wenn jemand die Schneiderei betrat, schreckte er stets hoch, weil er fürchtete, es könnten wieder Kupferschlagers Schergen sein. Christian weidete sich an Martins Furcht, deren Grund er nicht kannte, und gab ihm gezielt die Aufträge, die ihn dicht ans Tor führten. Stets musste Martin dann an Michael vorbei, der auf einem Hocker nahe dem Tor werkelte. Michael tat, was er immer tat, wenn Martin da war: Er spottete. Irgendwann wurde es Martin zu viel. Er streckte ihm einen Apfel hin – seine Vesper –, woraufhin Michael, nachdem er das Obst mit einem breiten Grinsen in seiner Gürteltasche hatte verschwinden lassen, bereitwillig Ruhe gab. Das brachte Martin unwillkürlich auf eine Idee: Bestechung …

Zur Mittagspause borgte er sich von Karl ein paar Pfennige und rannte los. Eine Backstube kündigte sich schon von weitem durch das lautstarke Lärmen der vielen für die Beseitigung der Abfälle der Bäckerei zuständigen Schweine an. Dort kaufte er eine besonders goldbraun gebackene, honiggetränkte Apfeltasche – ihm lief bei ihrem Anblick das Wasser im Mund zusammen – und verstaute sie. Zu gern hätte er selbst diese Köstlichkeit gegessen, aber er brauchte sie leider für einen anderen Zweck.

Die Zeit drängte: Vor der Backstube hatten sich viele Menschen versammelt, die zur Mittagszeit von den köstlichen Düften angelockt worden waren, und so hatte er eine ganze Weile warten müssen. Wenigstens fand er den Weg zu Schlaginhaufens Werkstatt ohne Schwierigkeiten. Und das Glück war ihm gewogen. Denn vor der Werkstatt hockte Hans, mit angezogenen Knien an die Mauer gelehnt, machte ein trübes Gesicht und löffelte griesgrämig eine wässrige Zwiebelsuppe. Als er Martin sah, glitt ein Ausdruck von Freude über seine Züge.

»Haben sie dich vor die Tür gesetzt?«, fragte Martin und ließ sich neben ihm nieder.

»Hm«, machte Hans und blickte verdrossen zu Boden.

»Was hast du denn gemacht?«

»Geht dich gar nichts an«, brummte Hans trotzig, murmelte aber noch etwas über einen »blöden Schlaginhaufen«.

»Der scheint ja echt nicht einfach zu sein«, sagte Martin. Hans nickte, während er einen weiteren Löffel Zwiebelsuppe zum Mund führte. Seine Unterarme besaßen vom Färben einen schwach bläulichen Schimmer. »Aber den Bamberger umgebracht hat er nicht.«

Hans' Gesicht ruckte hoch. Beinahe hätte er sich verschluckt.

»Das glaub ich nämlich nicht«, fuhr Martin fort. »Dazu ist der doch zu feige.«

»Wieso?«, fragte Hans wachsam.

»Na, Walrabe hat wahnsinnig über die Bamberger geflucht. Ich mein, einer weniger ... ist ja nicht so schlimm. Im Gegenteil. Aber ihr wart das nicht, oder?«

Hans wandte sich wortlos der Suppe zu, über deren Geschmack sein Gesichtsausdruck Bände sprach. Was für ein Glück, dachte Martin.

»Verrat mir, wer's war – dass ihr es nicht wart –, und du kriegst das hier!«

Er zog das Päckchen mit der Apfeltasche hervor. Hans stieß einen leisen Ruf aus.

»So was hab ich noch nie gegessen! Seit Jahren nicht mehr!«, zischte er und stellte hastig die Suppe weg.

»Nimm's. Aber sag mir erst, was du weißt.«

»Warum bist'n so heiß drauf?«, fragte Hans misstrauisch. Martin machte ein hochmütiges Gesicht.

»Das«, erklärte er, »ist meine Sache. Nicht?«

Hans' Blick war fest auf die Apfeltasche geheftet. Man sah deutlich, wie ihm das Wasser im Mund zusammenlief.

»Ich weiß aber nicht viel«, warnte er vorsorglich.

»Sag alles. Schwöre. Bei Gott und Jesus.«

Hans warf noch einen Blick auf das Gebäck, von dem ein unwiderstehlicher Duft ausging, und hob die bläuliche Hand zum Schwur.

»Dann komm. Um die Ecke. Ist sicherer«, erklärte Hans anschließend und empfing die versprochene Belohnung.

Als sie sich in sicherer Entfernung zur Schneiderei niederließen, biss Hans ebenso gierig wie genießerisch ins Gebäck. Seine Augen leuchteten. Martin musste ganz fest daran denken, dass er dieses Opfer für Mutter und Bruder tat: Er selbst hatte solch eine Köstlichkeit ebenso selten wie Hans bekommen, und teuer war sie auch gewesen.

»Na?«, fragte er mit einem Anflug von Ungeduld.

»Also, das war so«, begann Hans kauend. »Da war dieser Bamberger … Rabe hieß er, nein, warte …«

»Gunrabe?«

»Ja! Genau, Gunrabe. Der kaufte Stoffe. Und als wir dachten, er wäre weg, und es war auch schon dunkel, da kam ein Herr in teuren Kleidern, ein Ehrbarer, vielleicht sogar ein Stadtrat … Augenblick …« Er nahm einen großen Bissen von der Apfeltasche, die inzwischen zu einem winzigen Stück in seinen Fingern zusammengeschmolzen war. Martin musste sich beherrschen, nicht allzu gierig auf den Rest zu starren, was den Jungen auch nicht im Mindesten gestört hätte.

»Der hat mit Schlaginhaufen was besprochen. Und, ja genau, ein Bogen Pergament … köstlich, Wahnsinn … der lag da, da stand was drauf, aber ich kann nicht lesen. Du?«

Martin schüttelte den Kopf, während er wehmütig das letzte Stück in Hans' Rachen verschwinden sah.

»Na, die beiden sind ins Kontor … die Zettel lagen noch auf'm Tisch … da seh ich den Bamberger reinkommen, der wollte noch irgendwas, dabei war's ja schon Feierabend, und ich hab gekehrt, deswegen weiß ich das alles. Auf jeden Fall, der Bamberger hört die Stimmen aus'm Kontor und wartet. Und sieht die Zettel und wirft einen Blick drauf, aus Langeweile. Und beugt sich plötzlich tief drüber und ist ganz aufgeregt. Und da kommen Schlaginhaufen und der hohe Herr aus dem Kontor, ich glaub, die wollten gerade die Zettel holen. Der Schlaginhaufen starrt den Bamberger an, und der starrt zurück, als würde der Teufel persönlich vor ihm stehen. Er haut mit der Faust auf den Tisch, dass ich denk, gleich geht 'ne ordentliche Schlägerei los, und stürmt aus der Werkstatt. Der Ehrbare und Schlaginhaufen gucken sich an, dann schickt Schlaginhaufen mich hoch ins Bett. So war das. Mehr weiß ich nicht.«

»Erkennst du den Ehrbaren wieder?«, wollte Martin wissen. »Weißt du seinen Namen?«

Hans grinste. »Noch so was Leckeres, und ich find's heraus«, versprach er.

»Ich habe mir das Geld dafür leihen müssen!«, rief Martin.

»Dann leih's dir wieder. Hm?«

Martin sah ihn an, wie er sich genüsslich die schwachblau gefärbten Finger leckte. Also das Ganze noch mal.

Dreimal erhielt Martin an diesem Tag Schläge, weil er mit seinen Gedanken nicht bei der Sache war. Doch das hinderte ihn nicht daran, gleich nach Feierabend in die Schlafkammer zu gehen, die zwei Siegelstempel einzustecken, die er sorgsam versteckt hatte, und loszurennen, zu Johnathan, ohne sich ums Kehren zu scheren. Auf dem Weg quälten ihn Gewissensbisse. Johnathan, sein bester Freund, war verwundet, und er konnte sich kaum um ihn kümmern. Am Himmel sammelten sich Wolken.

Seinem Freund schien es jedoch einigermaßen gut zu gehen. Er strahlte wieder übers ganze Gesicht, als er Martin sah. Bei ihm saß der Sohn der Nimrods, David, und spielte ein Brettspiel mit ihm. Als Martin hereinkam, nahm er das Brett und lief aus dem Raum. Hastig berichtete Martin ihm, was er herausgefunden hatte.

»Das ist böse«, murmelte Johnathan. »Ein Ehrbarer.«

»Meinst du, der …«

»Auf jeden Fall eher als dieser Meister mit dem komischen Namen. Warte.«

Johnathan schlug die Decke zurück und ging ächzend zu dem Schemel, auf dem seine Sachen lagen. Stets war er schlank gewesen, aber durch die Entkräftung wirkte er zerbrechlicher denn je. Johnathan nestelte an seinem Geldbeutel und drückte Martin einige Münzen in die Hand.

»Da. Hak noch mal beim Hans nach. Du musst den Namen des Ehrbaren herausfinden!«

Martin sah ihn dankbar an.

»Kann … kann ich die Siegelstempel bei dir lassen? Jetzt weiß Kupferschlager ja, wo ich bin. Bei dir sind sie sicherer.«

Johnathan nickte und nahm die Typare.

»Ich hoffe, Kupferschlager möchte dich nicht gleich umbringen«, murmelte er. »Denn das hätten seine Leute ja schon tun können, nach dem, was du erzählt hast. Wahrscheinlich hat er Angst, weil er sich nicht sicher ist, wie viel du weißt. Und ob es Mitwisser gibt.« Johnathan grinste. »Also musst du dich beeilen, bis er es sich anders überlegt!«

Nichts. Das war doch nicht zu glauben! Er hatte das Bett zerwühlt, vom einen Ende zum anderen, hatte Martins Mantel und Taschen durchsucht, auch nach allen möglichen anderen Verstecken gesucht. Aber von den Siegelstempeln war keine Spur zu finden. Dieser Martin war schlau … aber das würde er ihm schon noch austreiben. Bald.

Von unten erklang ein Geräusch. Unauffällig huschte die Gestalt in den Hof hinab.

Bestechung mit Kuchen

Auf dem Rückweg von Johnathan zur Werkstatt rannte Martin. Weniger aus Eile, sondern einfach, weil er viel zu aufgeregt war, um langsam zu gehen. Die Dunkelheit breitete sich bereits in den Gassen aus, die sich rasch leerten. Die Wolken am Himmel dämpften zusätzlich das Licht. Er rannte an einer Gasse vorbei – etwas schlug gegen seine Beine, und er fiel hin. Dann fühlte er sich an Kragen und Gürtel gepackt und wurde wie ein Mehlsack in die enge Gasse geworfen. Als ein Mann sich mit seinem ganzen Gewicht auf seinen Rücken fallen ließ, keuchte er gequält auf. Sein Kopf wurde an den Haaren emporgerissen. Er konnte nur hilflos zappeln.

»So, Junge.«

Martin schielte nach oben und zur Seite, aber er konnte

nichts sehen. Steinchen bohrten sich schmerzhaft in seinen Brustkorb. Das Atmen fiel ihm schwer. Noch dazu hatte er das Gefühl, als böte sich sein gereckter Hals geradezu einem Messer dar. Aber da war keine Klinge. Nur der Mann auf seinen Schultern. Was sich rasch ändern konnte.

»Ich habe nur zwei Fragen. Woher kommst du wirklich und was bist du.«

»Schweinfurt«, stieß Martin hervor. Sogleich verstärkte sich der Griff in seinen Haaren, so dass er nun den Hals so weit recken musste, dass er kaum noch sprechen konnte. Er schluckte.

»Woher du *wirklich* kommst«, mahnte der Fremde. »Und bei der Gelegenheit kannst du auch gleich sagen, weshalb du hergekommen bist. Weshalb wirklich. Nun?«

Sein Griff wurde härter. Martin zuckte. Noch ein wenig mehr, dachte er, und der bricht mir das Genick.

»Nun?«

»Schweinfurt«, röchelte er. »Ich sag's doch!«

Nur ein scharfes Zischen entrang sich seiner Nase, als der Fremde abermals seinen Kopf in die Höhe riss, so weit, dass Martin nun den Umriss seines Gesichts gegen den wolkenverhangenen Abendhimmel sah, wenn er die Augen ganz weit verdrehte. Es war der Bärtige, dieser Herrmann, und vermutlich war sein Kamerad nicht weit.

»Unsinn, Junge! Du bist jedenfalls kein Geselle. Nicht wahr?«

Diesmal konnte Martin gar nicht antworten, selbst wenn er gewollt hätte. Nicken und Kopfschütteln waren im Griff des Mannes auch nicht möglich. So verdrehte er nur die Augen.

Und dann ließ Herrmann von ihm ab. Martins Stirne schlug auf dem Boden auf, das Gewicht war von seinen Schultern verschwunden, und eilige Schritte bewiesen ihm, dass Herrmann das Weite suchte. Martin griff sich an den Hals, röchelte ein wenig und rappelte sich auf. Auf der Straße sah er einen Bürger, der ihn mit in die Hüften gestemmten Armen ernst anblickte. Als er sah, dass Martin unversehrt war, ging er kopfschüttelnd seiner Wege.

Martin strich sein Haar glatt, klopfte sich den Straßenschmutz aus den Kleidern und rannte zur Schneiderei. Jetzt war es Angst, die seine Schritte beflügelte. Herrmann musste ihm gefolgt sein. Und wusste also vermutlich nun auch, wo Johnathan war. Wieder überkam ihn das Gefühl tiefer Hilflosigkeit. Er eilte gleich hoch ins Schlafgemach und kam sich vor wie ein Weizenkorn zwischen Mühlsteinen. Als wäre sie ein böses Vorzeichen, war die Luft hier noch stickiger als sonst. Das Wetter drückte den Qualm der Kohlefeuer in die Gassen der Stadt hinab, und nun erfüllte er auch ihr Schlafgemach mit seinem schweren Geruch.

»Was ist denn mit dir?«, fragte Florian, als er hinaufkam und Martin verkrampft daliegen sah. Martin blickte zu ihm auf, haderte einige Augenblicke lang mit sich selbst und beschloss dann, Florian weiter einzuweihen – er konnte diese Last einfach nicht mehr allein tragen. Er berichtete Florian von dem abermaligen Überfall.

»Und wo warst?«, fragte Florian.

»Bei … bei einem Freund«, wich Martin aus. Etwas in ihm sträubte sich dagegen, Florian von Johnathan, der immerhin Jude war, zu berichten. »Ach, ich weiß einfach nicht weiter!«

»Und warum hat der dich überfallen? Um blöde Fragen zu stellen?«

»Die sind hinter mir her!«, beteuerte Martin. Er suchte nach einem Grund, den er vorgeben konnte. »Vielleicht, weil ich hier als Geselle arbeite, aber Meister Walrabe mich wie einen Lehrjungen bezahlt.«

»Verstehe dein Problem«, knurrte Florian und schlüpfte unter die Decke.

»Musst, scheint's, echt aufpassen. Und der Kerl, den du heut besucht hast, der hat was damit zu tun, stimmt's?«, fuhr er fort, erwartete jedoch offenbar keine Antwort, sondern löschte den Kienspan und tat das, worum Martin ihn tief beneidete: Er schlief einfach ein. Noch lange horchte Martin auf seine gleichmäßigen Atemzüge und das gelegentliche Japsen, bis er schließlich gleichfalls einschlummerte. Immerhin in dem Gefühl, einen neuen Freund gefunden zu haben – einen recht grob gehauenen zwar, aber dafür einen starken.

Martin sah sich hoch über dem Land schweben. Da waren ein großer, fremder Wald und ein Vogel, der auf etwas zuflog, was einem bis in die Wolken reichenden, schlauchartigen Turm glich. Plötzlich lief eine feurige Lohe die Erscheinung empor, gerade als der Vogel ihr nahe war. Martin sah, wie das Tier in die Tiefe trudelte, sich fing und hinabglitt zu den Baumkronen, während die Erscheinung wieder groß und finster und rätselhaft dastand. Dann wich der Wald. Nun erkannte er dort unten Bamberg. Es regnete stark, doch er wurde nicht nass. Bamberg kam näher. Er erkannte einzelne Häuser. Am Rande der Stadt, dort, wo eigentlich der Dom hätte stehen müssen, ragte ein Turm empor, viereckig, gewaltig, reichte fast bis zu Martin selbst, der er schwerelos am Himmel dahinglitt. Er schwebte auf den Turm zu und erkannte, dass er oben offen war. Tief unten, wie in einem Kamin mit riesenhaften Ausmaßen, sah er zwei Gestalten, die eine kleiner als die andere, zierlicher. Kordula und Thomas, Mutter und Bruder, im Schuldturm. Und es regnete weiter, und der Regen fiel in den Turm, doch war der Regen nicht klar, sondern braun, und Martin stellte fest, dass es Schlamm war, und der Schlamm sammelte sich im Inneren des Turmes und stieg und stieg, und bald würde er Thomas und Kordula ersäufen, der Schlamm reichte Thomas schon bis zur Hüfte und stieg weiter. Martin versuchte verzweifelt, in den Turm hinabzuschweben, sie zu retten, doch es war, als wäre die Öff-

nung durch eine unsichtbare Decke versiegelt, nur der Schlammregen fiel und fiel und prasselte und das Plätschern hallte von den Turmwänden wider

und Martin schoss aus den Decken. In seinem Unterleib wühlte ein derartiger Druck, dass er fürchtete, ihm keine drei Herzschläge lang mehr widerstehen zu können. Eilig stieg er über Florian hinweg, der ärgerlich murrte, presste die Hand zwischen die Beine und stolperte die Treppe hinunter in den Hof. Kaum war er am Zaun angekommen, da ließ es sich nicht mehr halten. Er keuchte vor Erleichterung – und bemerkte erst jetzt so richtig, dass es in Strömen goss. Das Wasser rann in Sturzbächen seinen Körper hinunter und war eiskalt. Kaum war der Druck gewichen, eilte er wieder die Treppe hinauf, rutschte dabei aus und stürzte auf die Stufen, hastete aber gleich weiter, in das finstere Zimmer, stolperte über Florian und wickelte sich fest in die Decke, klatschnass, wie er war. Seine Zähne klapperten eine Weile, dann war er eingeschlafen. Zumindest ein Gutes hatte die unfreiwillige Abkühlung: Der schreckliche Traum sah sich um seinen ganzen Schrecken betrogen und kehrte in dieser Nacht auch nicht wieder.

Am nächsten Morgen fühlte er sich nicht gerade wohl. Die Nässe hatte sich ins Bettzeug gesogen und machte es irgendwie schleimig, fand er.

Da Martin keine Lust hatte, sich wieder derart unsanft aus dem Bett werfen zu lassen wie vor zwei Tagen, stand er eilig auf. Sein Traum war ihm gut im Gedächtnis haften geblieben, und sein nächtlicher Ausflug kam ihm nun so vor, als wäre er Teil dieses Traumes gewesen. Er musste weiterkommen. Mutter und Bruder litten, und er ... aber er hatte ja heute auch was vor, dachte er sich und griff in die Gürteltasche, in der Johnathans Münzen ruhten.

Zu Mittag aß er rasch auf und verließ die Schneiderei. Auf den fragenden Blick Christians hin erklärte er knapp, er gehe zum Fluss zu den anderen Jungen und ja, er sei auf jeden Fall rechtzeitig wieder da.

Auf dem Weg zur Schneiderei sah er sich ständig um. Immer wieder glaubte er, Herrmann hinter sich zu sehen, aber wenn er dann genauer hinschaute, war da kein Herrmann. Seine Einbildungskraft führte ihn an der Nase herum.

Bei der Bäckerei kaufte er wieder eine Köstlichkeit für Hans. Trotz des Gestanks nach Schweinemist aus Bäckershof und Straße lief ihm schon beim Duft des Backwerks das Wasser im Munde zusammen. Aber wie verführerisch war erst der Anblick! Vor dem offen stehenden Tor der Bäckerei lagen sie auf einer Bank ausgebreitet, die fettglänzenden Quittentaschen, die frischen Brötchen und Brotlaibe. Er dachte an die Kohlsuppe von Meister Walrabe, und ihm wurde fast schlecht. Und der Kirschkuchen erst! Ach je. Mit einer gewissen Schwermut zählte er dem Bäcker die Pfennigmünzen für ein Stück dieses Kirschkuchens hin. Nur zu gern würde er sich selbst auch etwas kaufen, etwas Kleines nur, etwas Billiges, Johnathans Geld würde schon reichen.

Also gönnte er sich ein Streuselplätzchen für einen Pfennig, das war immerhin fast handtellergroß, aber natürlich konnte es das niemals mit dem Stück Kirschkuchen aufnehmen. Er nahm sich vor, das Plätzchen aufzuheben, dann musste er Hans wenigstens nicht untätig beim Essen zusehen. Im Stillen hoffte er, Hans würde ihm vielleicht ein Stückchen abgeben, nur zum Probieren ...

So ausgestattet setzte er seinen Weg zur Schneiderei fort. Wie zufällig trieb Hans sich auch heute vor der Werkstatt herum, erblickte ihn und kam ihm entgegengerannt. Gemeinsam liefen sie zu der Gasse, wo sie schon letztes Mal miteinander gesprochen hatten.

»Na?«, fragte Hans, und seine Augen leuchteten gierig. Martin fiel auf, dass der blaue Schimmer auf seinen Armen und Händen schon sehr stark abgeklungen war – offenbar war der Lehrjunge derzeit voll und ganz mit Weben beschäftigt.

Martin zog das Päckchen mit dem Kuchen hervor und

hielt es Hans unter die Nase. Als der Junge danach greifen wollte, zog Martin es zurück.

»Du musst mir erst noch was versprechen«, erklärte er.

»Na was?«, fragte Hans.

»Wie gesagt. Der Ehrbare. Ich muss wissen, wer das war.«

»Warum?«

»Damit du deinen Kuchen kriegst.«

»Wann?«

»Sofort.«

Martin wickelte in aller Ruhe das Stück Kuchen aus und blickte es an, als würde er es am liebsten auf der Stelle mit einem Bissen verschlingen. Dazu musste er sich auch nicht allzu viel Mühe geben.

»Na gut«, brummte Hans und leistete einen Schwur. Dann richtete er trotzig den Blick auf Martin. »Gib schon her. Dann kriegst du deinen Namen.«

»Erst den Namen!«, beharrte Martin. Hans schüttelte den Kopf.

»Hab geschworen, halte mein Wort. Gib schon her!«

Martin reichte ihm den Kuchen und beobachtete ihn wachsam. Hans grinste übers ganze Gesicht und schob sich das Stück fast bis zur Hälfte in den Mund. Martin zog seinerseits den Keks hervor, ein wahrlich mickeriges Gegenstück zu jenem Prachtexemplar Nürnberger Backkunst in Hans' Händen.

»Kann ich mal probieren?«, fragte er schüchtern. »Dann kriegst du auch ein Stück von meinem Keks!«

Doch Hans grinste nur frech und schluckte den Kuchen hinunter.

»Den Namen«, erinnerte Martin ihn säuerlich. Ja, sicher, sein Keks war köstlich. Unter anderen Umständen hätte er sich wie im Himmel gefühlt, ja, sicher, aber trocken war der Keks auch, und das war bei den vielen eingebackenen Kirschen in Hans' Kuchenstück sicher nicht der Fall.

»Hab mich umgehört«, erklärte Hans und leckte sich die Lippen. »Der hieß Geuder. Vornamen weiß ich nicht. Wird aber nur einen Stadtrat Geuder geben.« Er blickte Martin listig an. »Jetzt kennst du seinen Namen. Aber würdest ihn doch bestimmt gern mal sehen, oder? 's doch besser als nur ein Name.«

Martin nickte. Geuder also!

»Na ja, weil das besser ist, ist's natürlich auch teurer.«

Martin sah empört auf.

»Zwei Stück Kuchen!«

»Aber ich hab fast kein Geld mehr! Weißt du, was das kostet?«

»Na ja, du willst ja auch was Besonderes dafür haben.« Doch als er Martins steinerne Miene sah, gab er klein bei.

»Ein Stück Kuchen. Und so'n Keks. Gut?«

Martin schnaubte empört, aber was sollte er schon machen. Wohl oder übel nickte er und betete, dass sein Geld dafür reichen würde. Hätte er sich nur nicht diesen Keks gekauft!

Sie standen auf.

»Gott! Ich komm zu spät!«, rief Hans. Und weg war er. Martin brauchte einen Augenblick. Geuder ... Geuder war also vielleicht der Schuldige. Vielleicht ... zu spät? Zu spät! Die Mittagspause war längst vorbei, er musste zurück!

Als er um eine Ecke rannte, wäre er fast mit Florian zusammengestoßen.

»Was machst du denn hier?«, entfuhr es Martin. Der entsetzte Beiklang in seiner Stimme war nicht zu überhören.

»Dich suchen«, entgegnete Florian ruhig. »Bevor Walrabe richtig tobt. Ich hab ihm gesagt, du hast dich wohl verlaufen, und ich hol dich und geb dir gleich eine ordentliche Tracht mit, dann kann er sich die sparen.«

»Und?«, fragte Martin mit einem Anflug von Angst. Florian hielt ihm die Faust unter die Nase. Eine ziemlich kräftige Faust.

Martin schluckte. Doch Florian verzog die Lippen zu einem Grinsen und senkte die Hand wieder.

»Stell dir einfach vor, du hättest gerade 'ne Tracht bekommen«, meinte er. »Komm schon.«

Martin war erleichtert. Für einen winzigen Augenblick hatte er gefürchtet, Florian würde Ernst machen.

Während sie zu Walrabes Schneiderei zurückrannten, fühlte sich Martin an Florians Seite sicher vor allen Herrmanns dieser Welt.

Stadtrat Geuder

FROH WAR MARTIN ABER DOCH, ALS SIE die Werkstatt erreichten.

»Danke«, sagte er. Doch Florian ging schon ins Haus.

Walrabe schenkte ihm einen bösen Blick. Christian fauchte ihn an, er solle gefälligst pünktlich sein, und verpasste ihm eine – allerdings halbherzige – Backpfeife. Da hatte er Florian wohl einiges zu verdanken, dachte Martin. Schade nur, dass er Johnathans Geld für den gefräßigen Hans brauchte …

Geuder. Martin fiel es schwer, sich auf seine Arbeit zu konzentrieren. Geuder. Hans wollte ihm den Ehrbaren zeigen, der vielleicht, ja, wahrscheinlich schuld am Tod seines Vaters war! Er musste unbedingt zu Johnathan … und genau davor hatte er Angst. Nur allzu leicht konnte er damit Kupferschlagers Leute auf die Fährte seines

Freundes bringen. Schon einmal hatten sie ihm aufgelauert.

»Sag mal, wie konnten die damals eigentlich wissen, wo sie mich finden? Die haben mich ja nicht vor der Werkstatt überfallen!«, fragte er Florian leise während einer kurzen Brotzeit.

Florian kaute einen Augenblick lang nachdenklich auf seinem Brot herum und winkte Martin dann zum Tor, das auf die Straße hinaus führte.

»Fällt dir was auf?«

Martin blickte die Gasse hinunter. Da waren Menschen, die Säcke vorbeitrugen; gelegentlich sogar ein Karren; Frauen gingen ihren Einkäufen nach; alte Leute lehnten aus den Fenstern; irgendwo erklang das Stimmengewirr von Tratschenden. Über allem scholl das unablässige Schlagen der Waffenschmieden.

Martin hob die Schultern.

»Siehst du den Kerl da, zum Beispiel?« Florian wies auf ein Kind, das schräg gegenüber an einer Häuserwand lehnte und auf einem Stöckchen herumkaute. Seine Kleider waren zerschlissen und dreckig. Als es das Interesse der beiden Schneiderjungen bemerkte, grinste es und kaute seelenruhig weiter.

»Ein Straßenjunge. Und?«, fragte Martin.

»Hat nichts zu tun, den ganzen lieben langen Tag. Außer hier rumzusitzen.«

Martin verstand noch immer nicht, was das mit seinen Verfolgern zu tun haben sollte.

»So einer wäre doch genau der Richtige, um deinen Gegnern Bescheid zu geben, wenn einer die Schneiderei verlässt«, erklärte Florian. »Fällt nicht auf.«

»Das ist doch verrückt«, murmelte Martin. Im Grunde aber hatte Florian Recht: Vielleicht ließen die Fremden ihn tatsächlich beobachten …

Sie mussten sich wieder an die Arbeit machen. Martin grübelte. Vielleicht gelang es ihm mit Florians Hilfe … Sollte er ihn fragen? Eigentlich was das ja ziemlich riskant. Andererseits war Florian sein Freund, das hatte er spätestens durch seinen Schutz bewiesen. Martin warf einen unschlüssigen Blick zu dem Lehrjungen hinüber, der mit ausdrucksloser Miene Lodenstoff zusammennähte. Doch konnte er sich nicht überwinden.

Der nächste Tag war ein Sonntag, der zweite, seit Martin nach Nürnberg gekommen war. Nach der Messe wurde gegessen, dann der Lohn ausgezahlt, von dem Martin wieder nichts behalten durfte. Danach war es schon Nachmittag geworden. Martin überwand seine Angst und rannte zu Johnathan. Aber Frau Nimrod sprach ihn an der Tür sehr ungehalten darauf an, dass heute Feiertag sei und sie beten würden und daher keine Störungen wünschten, und er solle gefälligst am Montag wiederkommen, sein Freund laufe ihm gewiss nicht weg.

Martin schaute noch bei Schlaginhaufens Färberei vorbei, wagte jedoch nicht zu klopfen und musste unverrichteter Dinge wieder heimrennen. Und er rannte wirklich: Ständig fürchtete er, von Herrmann und seinen Leuten überfallen zu werden. Er hatte regelrecht panische Angst davor. Als er wieder zu Hause in der Werkstatt war, war er gleichermaßen erleichtert wie enttäuscht. Und er schwor sich, nicht wieder allein durch Nürnberg zu gehen. Seine Angst war einfach zu groß. Also wirklich Florian fragen. Erst in der Nacht fasste er den Entschluss, es zu wagen.

Beim montäglichen Frühstück fühlte er sich unwohl: Vom Grießbrei bekam er kaum einen Löffel hinunter, und er beteiligte sich auch nicht an den Gesprächen der anderen. Sein Magen war wie zugeschnürt. Seltsam, dachte er. Dabei will ich Florian doch nur um einen Gefallen bitten, und dann ... eben. Und dann. Zu Johnathan gehen. Aber die Zeit drängte. Also doch lieber gleich zu Hans. Oder? Zu Johnathan konnte er immer noch. Je mehr er schon wusste, wenn er zu seinem Freund kam, desto besser, dachte er, während er seine halb leere Schale fortschob und zu seiner Werkbank hinüberging. Mit Florians Hilfe schaffte er das auch allein! Kein Grund, seinen Freund in Gefahr zu bringen.

»Sag mal«, wandte er sich ungeschickt an Florian, »du musst mir helfen.« Knapp erklärte er dem Jungen, dass er ihn bräuchte. Florian zeigte wie üblich keine Überraschung, auch kein Erstaunen oder Unverständnis. Als er nickte, fiel Martin ein Stein vom Herzen.

»Aber kommt diesmal pünktlich zurück!«, brüllte Christian ihnen hinterher. Martin wusste ganz gut, wie auffällig es war, ständig zur Mittagspause in der Stadt zu verschwinden.

Mit Florian an seiner Seite fühlte er sich viel sicherer. Seine Verfolger würden es wohl kaum wagen, ihn anzugreifen, wenn er sich in Begleitung befand. Hoffte er zumindest. Bei der Bäckerei angekommen, kaufte er, was Hans verlangt hatte. Florian sah ihm aufmerksam dabei zu – wie Martin feststellte, ohne einen Hauch von Appetit oder gar von Gier. Er selbst hingegen durchlief die ihm schon gut bekannte Tortur, bis er die Gebäcke endlich in seiner Gürteltasche verstaut hatte.

»Danke, dass du mitgekommen bist«, sagte er dann zu Florian. »Wo ich jetzt hinmuss, das ist gleich um die Ecke.«

Florian fragte nicht, spottete nicht, blickte ihn nur mit einem Anflug von Neugier an, nickte und ließ ihn gehen. Wohlbehalten erreichte Martin die Schneiderei und fand auch Hans sogleich.

»Da hast du den Keks«, erklärte er. »Den Kuchen«, er wies das köstliche Stück vor, »den bekommst du, wenn du mir den Geuder gezeigt hast!«

»Schwörst du?«, vergewisserte sich Hans. Martin verdrehte die Augen und tat wie verlangt. Hans grabschte nach dem Keks und ging los.

»Wir müssen ein Stück gehen«, meinte er. »Zum Haus vom Geuder.«

Sie durchquerten eine solche Vielzahl von Gassen, dass Martin ganz verwirrt war. Der Lärm der Schmieden und Plattnereien wurde leiser, je weiter sie gingen. Sie näherten sich der Kaiserburg, die hoch über ihnen thronte, herrschaftlich und damit abweisend, kalt und wehrhaft. Die Häuser wurden größer, trugen nun Chörlein und Türmchen, und ihre Mauern waren aus festem Sandstein zusammengefügt. Martin sah sich immer wieder um. Wieder glaubte er, Herrmanns Gesicht an einer Häuserecke, in einem Hauseingang zu sehen. Hör auf, wies er sich zurecht. Du siehst Gespenster. Herrmann ist nicht da.

»Mein Kuchen!«

»Wie?«, fragte Martin verwirrt.

»Mein Kuchen!«, forderte Hans und deutete zu einem prachtvollen Gebäude, das auf der anderen Straßenseite stand. »Ich sag's jetzt zum dritten Mal! Bist du schwerhörig?«

»Ach wo!«, erwiderte Martin. Er war so tief in Gedanken versunken gewesen, dass er Hans nicht gehört hatte.

»Der Kuchen«, erinnerte Hans ihn.

»Ich hab den Geuder noch nicht gesehen!«, widersprach Martin.

»Mann, der wohnt da drüben! Brauchst bloß zu warten, bis der rauskommt. Schlanker Herr, Ehrbarentracht, schwarzer Bart. Das ist er dann. Gut?«

Martin schüttelte den Kopf.

»Du wartest mit mir«, erklärte er.

»Aber was weiß ich, wann der mal rauskommt«, platzte Hans heraus. Martin zuckte mit den Schultern.

»Mann, es wird bald ...«, begann Hans, als sich die eisenbeschlagene Eichenholztür des Hauses öffnete und zwei Männer heraustraten. Der eine war ganz in Schwarz gekleidet. Auf dem Kopf trug er die Mütze der Ehrbaren; unter einem gerade die halbe Länge der Oberschenkel bedeckenden Tappert sah man die halb dunkelrot, halb schwarz gefärbte Hose und Schuhe mit langen Spitzen. Der Mann, der ihn begleitete, ging zwar nicht in Schwarz, war aber nicht weniger teuer in Rot, Braun und Weiß gekleidet – und auch er trug einen schwarzen Bart und alle Zeichen der Ehrbaren. Beide waren sie schlank, auf beide traf Hans' Beschreibung zu.

»Na?«, zischte Martin. »Welcher ist es nun?«

»Der da!«, erklärte Hans und deutete auf den Mann in Braun und Weiß. Martin nickte.

»Da!« Er reichte Hans das Päckchen mit dem Kuchenstück darin. »Und jetzt scher dich fort! Vorzuessen brauchst du mir nichts!«

Hans schenkte ihm zum Abschied ein breites Grinsen,

aber Martin sah es schon gar nicht mehr: Eilig folgte er den beiden Herren, die die Straße hinuntergingen. Seine Gedanken überschlugen sich. Da war er. Da ging Geuder. Zum Greifen nahe. Wenn, dann jetzt. Er gab sich einen Ruck.

»Herr Geuder!«, rief er also und rannte los. Er wusste selbst nicht, von welchem Teufel er geritten wurde. »Herr Geuder!«

Die beiden Männer blieben stehen. Geuder drehte den Kopf. Auf seinem Gesicht lag ein ruhiger, fragender Ausdruck. Martin rannte auf ihn zu. Seltsam, es war ihm, als bewegten sich seine Beine ganz ohne sein Zutun. Was tust du da?, fragte eine Stimme hinter seiner Stirn.

»Nun, was wünscht Ihr?«, fragte der Ehrbare, als Martin ihn erreicht hatte. Sein schwarz gekleideter Begleiter musterte Martin ausdruckslos. Allzu deutlich erkannte Martin die Messer, die in kunstvoll verzierten Lederscheiden neben den Gürteltaschen der Männer hingen. Sah ihre schmalen und doch kräftigen Hände. Es gab kein Zurück mehr.

»Ich …«, Martin schnappte nach Luft. »Kupferschlager hat mich geschickt«, sagte er. Geuders Gesicht blieb fragend.

»Kupferschlager aus Bamberg«, setzte Martin nach. Seine Gedanken rasten. Was, bei Gott, sollte er den beiden nur erzählen?

»Kupferschlager aus Bamberg«, wiederholte Geuder, ruhig, gleichzeitig fragend. Er ließ nicht erkennen, ob er den Namen kannte.

»Er sagt, ich soll Euch sagen, die Sache mit Schneidermeister Chunrad ... der ...«

Geuder schnitt ihm mit einer Geste das Wort ab und neigte ihm den Kopf zu.

»Kommt morgen Abend zum Tor meines Hauses«, er wies zu dem Sandsteinbau. »Da sprechen wir weiter – in Ruhe.«

Damit wollte er das Gespräch beenden. Doch Martin ließ nicht locker.

»Kupferschlager will Euch sagen ...«

»Genug!«, unterbrach Geuder ihn schroff. »Ich kann mir denken, welche Sorgen der Herr Schmied hat! Wir reden morgen Abend!«

Damit ließ er Martin stehen und setzte hurtig den Weg mit seinem Begleiter fort. Martin sah ihnen nach und fragte sich, ob er damit seinen letzten Fehler gemacht hatte. Wieso hatte er sich nur hinreißen lassen ...

Mit einem üblen Gefühl im Magen machte er sich auf den Rückweg zur Werkstatt. Wenn er nicht so viel Angst vor dem Zuspätkommen gehabt hätte, er wäre auf der Stelle zu Johnathan gerannt. Gerade jetzt hätte er seinen Freund gebraucht, mehr denn je.

»Und?«, fragte Florian. Wie üblich machte er einen weitgehend unbeteiligten Eindruck, aber Martin spürte seine Neugier. Verdrossen wackelte er mit dem Kopf.

»Muss heut Abend oder morgen Mittag noch mal los und dann morgen Abend wieder«, brummte er.

»Aber morgen ist Badetag! Alle vierzehn Tage!«, wandte Florian ein.

»Trotzdem«, erwiderte Martin. »Muss auf jeden Fall morgen Abend los. Nach dem Bad.«

Florian zuckte mit den Schultern.

Eigentlich hatte Martin sich fest vorgenommen, heute noch zu Johnathan zu gehen, aber es wurde länger gearbeitet als sonst, und dann saßen sie bis zum Einbruch der Dunkelheit am Abendbrottisch und redeten. Florian hatte ihn außerdem gewarnt, dass es vielleicht zu auffällig wäre, wenn er ständig davonstürzte. Missmutig fügte Martin sich.

Am Dienstag war Martin ziemlich aufgeregt. Was sollte er nur dem Geuder sagen? Jedenfalls musste er ihn dazu bringen, damit herauszurücken, ob er Chunrad auf dem Gewissen hatte. Nach einer sehr kurzen Mittagspause wurde die Arbeit am späten Nachmittag beendet, und alle gingen zur Badstube. Gern hätte Martin sich gedrückt, aber er hatte sogar von Walrabe wie alle anderen einige Pfennige

Badegeld bekommen, und Florian hatte freundschaftlich den Arm um seine Schultern gelegt und wirkte ungewöhnlich fröhlich – was wohl vor allem daran lag, dass er schon von dem Wein gekostet hatte, den sie in großen Tonflaschen mit zum Bad nahmen.

Als Martin das Badhaus betrat, vergaß er fast seine Aufregung. Warmer Wasserdampf schlug ihm entgegen, Flötenmusik und der nicht mehr ganz melodische Gesang einiger ausgelassener Gäste. Zwischen den Bottichen gingen geschäftige Badfrauen umher, die ganz unzüchtig knappe Kleider trugen – dergestalt, dass sie sowohl Mieder mit weiten Ausschnitten trugen als auch ihre Arme bis zu den Achseln hinauf entblößt hatten. Der Wasserdampf versah die Haut zu allem Überfluss mit einem Schimmer, der einem schier den Atem raubte.

Florian steuerte mit Karl und einem anderen auf einen großen Bottich zu, blieb dabei aber stets in Martins Nähe, so dass es unmöglich war, sich im Nebel davonzustehlen – doch deswegen war Martin ihm gar nicht so böse: Das Badhaus war viel zu verlockend, um wieder fortzugehen. Allzu bereitwillig drückte er einer der Frauen das Badegeld in die Hand.

Es war ein seltsames Gefühl, sich vor den Augen der Badfrauen zu entkleiden. Auch wenn die keine Notiz von ihm nahmen. Mit einer Ausnahme: Als er gerade in den Trog steigen wollte, kniff ihn eine der Damen in die Wange, mit den Worten »Na, du Süßer!«. Martin schoss die Röte ins Gesicht. Er war sich nicht ganz sicher, ob er »Dumme Gans!« denken oder auf die Bemerkung stolz sein sollte. Unwillkürlich streifte sein Blick Florians Gestalt, der um so vieles kräftiger war als er, wenngleich nicht erwachsener. Er dachte kurz an Johnathan, der ihm gegen Florian wie ein Hänfling vorkam, und seine Augen tasteten unwillkürlich zwischen Florians Beine, wo hing, was bei Johnathan durch die Beschneidung auf so seltsame Art verändert worden war. Dann hatte Florian sich ins Wasser sinken lassen und prustete begeistert. Badfrauen kamen herbei und brachten allerlei Annehmlichkeiten. Sie begannen auch damit, die Männer zu massieren; sogar Martin durfte ihre Finger in seinem Nacken verspüren. Zunächst sträubte er sich, merkte aber bald, wie wohl die Massage ihm tat. Dass es eine überaus gut gebaute Frau war und er ihr wohlgefülltes Mieder gegen seinen Hinterkopf spürte, wenn sie sich vorlehnte, das hatte einen ganz besonderen, seltsamen, fremden Reiz. Es weckte ein unbestimmtes Gefühl in ihm. Besonders amüsierte es ihn und die anderen Gesellen, wie sich bei Florian etwas zwischen den Schenkeln regte. Doch Florian grinste nur breit und schien geradezu stolz darauf zu sein. Er legte den Kopf in den Nacken, schloss die Augen und genoss die Massage in vollen Zügen. Martin konnte nicht umhin, ihn zu beneiden.

Dazu trank man reichlich von dem mitgebrachten Wein,

und Florian stupste Martin wieder und wieder auffordernd an, er solle mit ihm anstoßen, und die Gesellen, die neben ihnen saßen – Karl war auch darunter –, lachten und waren fröhlich. Martins Kopf wurde mit jedem Schluck schwerer. Florian ließ nicht ab, brachte ihn dazu, noch einen und noch einen und noch einen Schluck zu trinken. Die Umgebung wurde seltsam tranig und weich und warm. Der Wein war wundervoll, dachte Martin. Man vergaß dabei einfach alle Sorgen. Doch dann begann der Wein, säuerlich zu schmecken.

Ein Gedanke durchzuckte Martin wie ein Blitz. Geuder! Er musste zu Geuder! Und sie saßen hier schon seit einer Ewigkeit!

Mit einem Schlag waren seine Sinne wieder klar. Plötzlich waren die Wolken des Weins in seinem Kopf wie weggeblasen. Er erhob sich, drehte sich herum und spürte mit Schrecken, dass der Wein in seinem Körper hinterhältig auf diesen Augenblick gelauert hatte und sich alles um ihn zu drehen begann. Er schwankte, verlor das Gleichgewicht und fiel gegen Florian, der ihn lachend an der Schulter packte.

»Nichts da! Wegrennen, wenn's gerade lustig wird!«

Er wälzte Martin unter allgemeiner Heiterkeit wieder auf seinen Platz zurück, und Karl drückte ihm einen vollen Becher Wein in die Hand. Martins Klarheit hatte nur wenige Herzschläge lang gedauert – nun kamen der Schwindel und die Benommenheit mit Wucht zurück. Es war tatsächlich besser, er blieb hier sitzen. Aber er musste zu Geuder!

Seltsam, wie er klar denken konnte, wenn er stillhielt, wunderte er sich. Sobald er sich aber regte, gehorchten ihm weder Sinne noch Glieder. Als hätte der Wein seinen Verstand in einen Kokon aus silbernen Fäden eingewoben. Wie die Kirsche den Kirschkern umgibt, dachte er und amüsierte sich im Stillen über diesen blumigen Vergleich.

Als man endlich im Aufbruch begriffen war, musste Martin an den Achseln aus dem Nass gehoben werden. Lauthals singend, der eine den anderen wechselseitig stützend und anrempelnd, verließen Karl, Florian und die anderen mit Martin in der Mitte das Badhaus in Richtung Schneiderei. Alles war ungeheuer lustig und fidel. Die Dunkelheit der Nacht zog herauf.

Die Kirche auf Blut

Hundeelend war Martin am nächsten Morgen zu Mute. Noch elender machten ihn zwei Umstände: Er ahnte dunkel, dass er sich gestern bis auf die Knochen blamiert hatte, konnte sich aber beim besten Willen nicht mehr daran erinnern, was so Schlimmes geschehen war. Und da war das Treffen mit Geuder, das er verpasst hatte, und das war eine wirklich schlimme Sache. Er fluchte leise, als er mit dröhnendem Schädel in die Werkstatt hinabstieg. Florian empfing ihn mit einem Lachen. Er sah auch nicht ganz frisch aus, aber er nahm es offenbar mit Humor.

»Du wolltest gestern noch weg?«, erkundigte er sich, während er einen Stoffballen auf Martins Werkbank wuchtete. Martin nickte mit Leidensmiene. Florian ging nicht weiter darauf ein, und dafür, dass er den gestrigen

Abend genauso wenig erwähnte, war Martin ihm von Herzen dankbar. Aber so schwer es ihm fiel, die vom Wein gemarterten Gedanken zusammenzuhalten, er musste schleunigst überlegen, wie es weitergehen sollte. Wenn er sich nur besser konzentrieren könnte!

Also, was nun. Zu Geuder, sagen, gestern sei er aufgehalten worden … andererseits, vielleicht sollte er besser zu Johnathan … Zu Geuder kam er so oder so zu spät. Gut. In der Mittagspause zu Johnathan, nach dem Angelusläuten zu Geuder. Das klang vernünftig. Martin warf einen Blick zu Florian. Hoffentlich machte der wieder mit.

»Wieso musst du da hin?«, fragte Florian scharf, als Martin ihm erzählte, dass er zum Judenviertel wollte. Florian hatte darauf bestanden, zu erfahren, wohin es gehen sollte.

»Du weißt doch, ich stecke in Schwierigkeiten«, zischte Martin. Florian überlegte. Man sah, wenn er überlegte. Seine kräftigen Kiefer mahlten. Ein seltsamer Ausdruck von Unentschlossenheit, ja, Ratlosigkeit machte sich auf seinem Gesicht breit. Dann schüttelte er den Kopf.

»Mal sehen«, murmelte er. »Ich glaub, Walrabe wird uns nicht schon wieder fortlassen.«

Als Christian vorbeikam, sah Florian von der Arbeit auf.

»Geselle Christian! Wir würden gern über Mittag in die Stadt«, sagte er in bittendem Ton. Martin sah ihn erstaunt an. Er hätte nicht gedacht, dass Florian sich so sehr für ihn einsetzen würde.

»Holger hier möchte gern mit mir raus. Vielleicht ein wenig länger. Ein ganz wenig nur! Er ist doch ein guter Arbeiter, das hat er sich doch mal verdient, oder?«

»Willst du mir erzählen, wer hier was verdient hat, Junge?«, fuhr Christian ihn an.

»Nein, Herr Geselle. Aber Geselle Holger ...«

Bei der Nennung von Martins Namen und seiner Bezeichnung als Geselle wurde Christian erst richtig wütend.

»Ihr arbeitet! Dazu seid ihr hier! Was denkt ihr eigentlich, wer ihr seid?«

Florian nickte unterwürfig und starrte auf sein Werkstück, während Christian sich in Zorn redete. Sie mussten eine wahre Schimpfkanonade über sich ergehen lassen, bis Christian endlich von ihnen abließ. Florian ließ ein fast unhörbares »Schwachkopf!« vernehmen, als der Geselle sich entfernt hatte.

»Puh«, machte Martin. »Komm, wir gehen trotzdem. Wir müssen uns halt beeilen.«

Florian sah ihn an und schüttelte den Kopf.

»Das lässt Walrabe nie zu. Jetzt ganz sicher nicht mehr«, erklärte er. »Ich bleib hier.«

Martin wollte nachhaken, aber er erkannte, dass Florians Entschluss feststand. Doch die Zeit drängte. Er würde also ohne Florian fortmüssen, gegen Christians Willen.

Als Walrabe die Mittagspause ausrief, ließ Martin alles stehen und liegen und wollte losrennen. Weit kam er nicht: Beinahe rannte er in Christian hinein, als er auf den Ausgang zusteuerte.

»Nicht so eilig«, sagte Christian. Seine Augen glommen böse. »Es gibt noch eine kleine Aufgabe für euch.«

Martin wollte sich empören, sagen, es sei Mittagspause, aber Christian wuchtete ihm schon eine Rolle grünen Stoff in die Arme.

»Ausmessen!«, befahl er knapp.

»Aber ich hab Hunger!«

»Dann iss. Schnell. Hörst du?«

Verärgert setzte Martin sich zu den anderen und verspeiste den gekochten Grünkohl ohne sonderlichen Appetit. Dann hieß es sogleich wieder arbeiten.

»Besser jetzt als heut Abend«, murmelte Florian ihm zu.

Martin hatte das Gefühl, dass ihm die Zeit davonlief. Sosehr er sich auch beim Messen und beim Erledigen der anderen Aufgaben beeilte, sie wurden einfach nicht weniger. Florian arbeitete neben ihm, stumm wie immer, und Michaels Sticheleien bemerkte Martin kaum. Er musste weg! Und der Stoff nahm kein Ende.

Als die Abendglocken läuteten, kam Christian zu Martin.

»Florian hat gesagt, es sei ungerecht, euch länger arbeiten zu lassen als alle anderen. Gut, er hat seine Sache auch rasch erledigt. Aber du warst langsam. Deshalb näh das noch fertig!«, erklärte er und fügte höhnisch hinzu: »Geselle!«

Entrüstet wollte Martin erwidern, er habe sich abgerackert wie selten, aber Christian hatte sich bereits abgewandt. Ihm blieb nichts anderes übrig, als seinen Ärger hinunterzuschlucken. Was ihm offenbar nur zum Teil gelang: Michael lachte ihn im Vorbeirennen schamlos aus. Mit wachsendem Unmut arbeitete er weiter. Die noch zu nähende Strecke kam ihm endlos vor. Und die Sonne warf draußen lange Schatten, tauchte nur mehr die gegenüberliegenden Häuserdächer in ihr warmes Licht, wie er mit einem Blick aus der Werkstatt feststellte. Als Karl ihm auf die Schulter klopfte, wäre er um ein Haar vor Wut geradezu explodiert. Schließlich riss ihm der Geduldsfaden. Er warf das Werkstück hin.

»Ja, komm mit!«, rief Florian, der das gesehen hatte. »Wir veranstalten ein Lanzenstechen bei der Fleischbrücke, gegen die Färberjungen!«

»Nachher!«, rief Martin, griff seine Trippen und rannte los.

»Warte!«, brüllte Florian ihm hinterher. »Bleib da! Lass uns nicht im Stich! Holger!«

Doch Martin war schon hinaus. Zu Johnathan? Zu Geuder? Er durfte nicht zaudern. Erst zu Johnathan! Aber Geuder … gleichviel. Er hatte keine Zeit. Zu Johnathan also!

Obschon er den Weg nicht zum ersten Mal ging, verlief er sich beinahe. Doch das Glück war ihm hold. Nur die Angst, die war immer da. Der Weg zum Judenviertel war eigentlich gar nicht weit, aber verwinkelt. Das Judenviertel war ein seltsamer Widerspruch in sich: Einerseits wohnten hier viele Geldleiher und im Geheimen arbeitende Ärzte, die es zu einem gewissen Vermögen gebracht hatten; andererseits waren die Straßen mindestens so schlammig wie im christlichen Teil der Stadt, die Häuser vielfach ebenfalls in heruntergekommenem Zustand.

Martin wurde bereitwillig eingelassen, als er an die Tür von Johnathans Gastgebern klopfte. Er spürte jedoch den Argwohn, der ihm entgegenschlug. Johnathan, der seinen Freund vom Krankenbett aus voll Freude begrüßte, bemerkte Martins Verunsicherung und deutete sie richtig.

»Die Erfahrung hat uns gelehrt, vorsichtig zu sein«, erklärte er. »Aber lassen wir das.«

»Wie geht's deiner Schulter?«, fragte Martin. Johnathan betastete den Verband und grinste.

»Darf noch nicht aus dem Bett«, erklärte er. »Das muss noch richtig heilen. Aber Wundbrand wird da keiner mehr draus!«

Martin freute sich, dass es Johnathan offenbar schon besser ging. Doch seine Sorgen drückten ihm auf der Seele. Er berichtete von Hans, von seiner Offenbarung über Geuder, von dem verpassten Treffen mit dem Ehrbaren. Johnathans Gesichtsausdruck wurde mit jedem Wort seines Freundes ernster.

»Und du glaubst, Hans verrät deine Nachforschungen nicht an seinen Meister oder gleich an Geuder? Gierig, wie der ist?«

Martin erschrak. Daran hatte er noch gar nicht gedacht.

»Bist du dir wirklich sicher, dass Hans die Wahrheit gesagt hat?«, hakte Johnathan nach.

»Natürlich!«, rief Martin. »Er hat's geschworen! Beim Namen Gottes und seines Sohnes!«

»Das reicht nicht.«

»Aber sicher reicht das!«, entrüstete sich Martin. Ehe er sich bremsen konnte, hatte er hinzugefügt: »Ihr habt Jesus ans Kreuz geschlagen, aber wir, wir glauben an ihn!«

Johnathans Miene verdüsterte sich.

»Wir glauben an Gott«, stellte er fest.

»Aber wir haben hier mehr Kirchen für Gott als ihr«, fuhr Martin fort und ahnte gleichzeitig, dass er besser den Mund gehalten hätte. »Ihr seid ja eigentlich sogar Gottesmörder, ihr habt Jesus gekreuzigt!«

Johnathan starrte ihn an und war einen Augenblick lang sprachlos.

»Ich will dir eine Geschichte erzählen«, sagte er, als er sich wieder gefangen hatte. Martins abweisenden Blick gewahrend, fügte er hinzu: »Keine Mär. Eine Geschichte. Die Geschichte einer euerer Kirchen, der Frauenkirche nämlich. Etwas, was wahrhaftig geschehen ist. In dieser Stadt. Die Elisabeth Nimrod hat mir die Geschichte am Krankenbett erzählt, nun sollst du sie hören.«

Der ernste Ton in Johnathans Stimme, die getragenen Worte ernüchterten Martin. Reglos wartete er ab.

»Vor vielen Jahren, als gerade der Aufstand der Nürnberger gegen ihre Ehrbaren niedergeschlagen war, war die Stimmung schlecht gegenüber den Juden. Nun unterstanden die Juden auch in Nürnberg Kaiser Karl dem Vierten, der sie zwei Jahre zuvor als seine Kammerknechte unter Schutz gestellt hatte. Und die Juden hatten gezahlt, genauso viel, wie die ganze Stadt Nürnberg gezahlt hatte: zweitausend Pfund Haller. Davon gingen dann zweihundert Pfund Haller an den Rat. Nachdem der Aufstand also niedergeschlagen war, versprach Karl der Vierte den Nürnbergern einen größeren Marktplatz, mitten in der Stadt. Und der beste Platz dafür war das Judenviertel. Natürlich hütete Karl sich davor, es so zu sagen. Er behauptete plötzlich, die Anwesenheit von Juden sei eine unerträgliche Gefahr für die Sicherheit und das Eigentum der Christen. Damals war der Stadtteil von einer Mauer umfasst, die die Juden in ihrem Viertel einschloss. Aber schützen tat sie nicht, die Mauer. Genauso wenig wie der Kaiser, denn Karl der Vierte erlaubte den Christen Mitte November ausdrücklich, sich das Judenviertel zu nehmen und daraus ihren Marktplatz zu machen. Das wurde dann von langer Hand vorbereitet: Kaum reiste Kaiser Karl ab, zog ihm der angesehene Ratsherr Stromer hinterher, um das Judenviertel überschrieben zu bekommen. Die Häuser waren nämlich eigentlich dem Bischof von Bamberg und vielen anderen Edlen versprochen. Elisabeth Nimrod hat erzählt, es war dann der fünfte Dezember, am Fest des heiligen Nikolaus der Christen, als sie des Nachmittags einen Tumult von der Straße her hörte. Damals war sie noch ein Mädchen. Gerade hatte sie in der Synagoge ihre Gebete beendet. Es waren ungewöhnlich viele Menschen, Christen allesamt, und sie kamen ins Judenviertel. Sie ahnte Schlimmes und verließ die Synagoge durch eine Hintertür. Bald stand sie in einer engen Seitengasse, die verlassen war, aber sie sah Menschen an der Gasse vorbeilaufen, Bürger mit Schaufeln und Heugabeln und Messern und Spießen. Bürger, die gekommen waren, um zu töten. Und früher oder später würden sie auch in diese Gasse kommen.« Johnathan machte eine kurze Pause. Sein Gesicht war ausdruckslos. »Sie hat erzählt, dass sie ein gewöhnliches Wollkleid trug und ihre Erscheinung rasch noch ein bisschen verändert hat. Jedenfalls, sie sah nun einer braven Christin ganz ähnlich. Also trat sie auf die Straße hinaus. Sie wollte nur zurück zu ihren Eltern, aber sie musste erkennen, dass das unmöglich war, wenn sie nicht in Stücke gerissen werden wollte. Also tat sie, als wäre sie selbst eine Christin. Trat zwischen die Christen mit ihren Knüppeln und Messern. Machte ein ernstes Gesicht. Und weißt du was? Niemand schenkte ihr Beachtung. Stattdessen versammelten sie sich um die Türen und die Fenster der Häuser. Strömten nun auch in die Gasse, aus der Elisabeth gekommen war. Und begannen, die Türen zu vermauern und die Fenster zu vernageln. Einfach so. Viele Menschen kamen daraufhin aus ihren Häusern. Ein paar von ihnen erschlug man. Aus Spaß. Die anderen wurden gefangen genommen, es sei denn, sie flüchteten in ihre Häuser zurück. Das war nämlich ganz gut so: Da konnten die Christen munter weitermauern. Und als sie damit fertig waren, war es fast dunkel. Außerdem war es kalt, und es hatte leicht zu schneien begonnen. Man entzündete Fackeln und Laternen. Aber es war ihnen noch nicht hell und warm genug. Also zündeten sie die Häuser an. Elisabeth musste zusehen, wie die Flammen sich ausbreiteten, wie Menschen zu kreischen begannen, von irgendwo hinter den Wänden der Häuser, hinter dem Feuer, und sie hörte, wie Menschen gegen die vernagelten Fenster hämmerten. Das Schlimmste, sagt sie, war, dass irgendwo dort drinnen auch ihre Eltern waren, und sie konnte nicht einmal zu ihnen: Alle Eingänge waren ja versperrt. Es dauerte lange, bis die letzten Schreie verstummten. Die Luft war schwer und stickig vom Qualm der Brände. Die Bürger johlten und klatschten und feierten derweil ihr Fest des gnädigen Nikolaus und achteten darauf, dass die Flammen nicht über die Mauern des Judenviertels sprangen und auf ihre eigenen Häuser übergriffen. Und wie durch ein Wunder schützte ihr Gott sie. Kaiser Karl schob die Verantwortung für den Raub den gescheiterten und – praktischerweise – geflohenen Aufständischen zu. Jetzt sag mir, wer schlimmer ist: ein Volk, das vor einem Jahrtausend einen Propheten umgebracht haben soll – was Unsinn ist –, oder die Bürger einer Stadt, die vor dreißig Jahren sechshundert Menschen verbrannt haben, um einen Marktplatz zu bekommen.«

Johnathan verstummte verbittert.

»Und … was ist mit den Gefangenen? Sind die dabei auch … auch verbrannt?«

Johnathan sank in sich zusammen. Als er weitersprach, waren seine Worte kaum mehr zu verstehen.

»Ja. Aber nicht in ihren Häusern. Man schleppte sie zum Judenbühl. Dort verbrannte man sie.«

»Und Elisabeth?«

»Flüchtete. Wie sie später wieder hierher zurückkehren konnte, ist mir ein Rätsel. Das Judenviertel wurde aufgeschüttet, es war zu schlammig und zu versumpft. Und da war ja die ganze Unordnung durch das Feuer. Das Vermögen der Juden kassierten erst die Bürger, und dann hat Karl es von den Nürnbergern eingefordert. Wie zum Hohn ließ der Kaiser die Frauenkirche da errichten, wo sich früher unsere Synagoge befand! Der Marktplatz steht nun auf der

Asche unserer Häuser, auf der Asche der Menschen, die da verbrannt sind. Euer Marktplatz steht auf Blut.«

»Der Marktplatz der Nürnberger«, verbesserte Martin ihn. Er fühlte sich sehr unwohl in seiner Haut: Einerseits hatte er das Gefühl, Johnathan bürde ihm eine Schuld auf, für die er nichts konnte – er war damals nicht dabei gewesen, weder in Nürnberg noch in Bamberg, er hatte keinen einzigen Menschen auf dem Gewissen. Andererseits spürte er, wie erbärmlich seine Verteidigung war. Aber trotzdem: *Er* hatte den Juden nichts getan. Einer von ihnen war sogar sein Freund, mehr als das, sein Bruder sogar. Der saß ihm gegenüber. Der wäre fast umgekommen, nur weil er ihn warnen wollte. Ihm hatte Martin die Flucht nach Nürnberg und damit vielleicht sein Leben zu verdanken. Johnathan machte es ihm wahrlich nicht leicht ...

»Ach, was soll's!«, rief Johnathan. »Verzeih mir. Deine Mutter und dein Bruder sind die Opfer von genau solchen Menschen, wie sie die Judenhatz veranstaltet haben. Lügner und Verleumder voller Einfalt und Dummheit. Denen werden wir die Suppe versalzen! Und du bist mein Bruder!«

Er warf mit unverhohlenem Stolz seine Hand in die Luft, auf der die feine Narbe von ihrer Blutsbrüderschaft zu erkennen war.

»Ach je«, meinte er nach einem Augenblick des Sammelns. »Hm ... Geuder also. Sagen wir, dein Hans hat nicht gelogen. Ein Ehrbarer. Geuder. Wer der Schwarzgekleidete war, weißt du nicht?«

Martin schüttelte den Kopf.

»Gut! Ich versuch mal, was über deinen Ehrbaren herauszufinden. Über diese Reichen wissen Geldleiher meist am besten Bescheid ... aber treff dich bloß nicht mit dem, bevor wir uns wiedersehen. Komm morgen Abend oder sobald du kannst!«

»Ich hab Angst herzukommen«, murmelte Martin, als er sich zum Gehen wandte. »Vielleicht führe ich diese Leute zu dir, und dann ... passiert wieder so was wie vor dreißig Jahren ...«

Einen Augenblick lang breitete sich ein Ausdruck von Sorge auf Johnathans Gesicht aus. Dann schüttelte er den Kopf.

»Unsinn. Pass einfach auf«, riet er. »Bis bald!«

Martin trat mit einem Gemisch aus Freude, Erleichterung und neuer Bedrückung auf die Straße hinaus. Hinter ihm knallte die Tür mit Wucht ins Schloss: Ein gern gesehener Gast war er bei Nimrods jedenfalls nicht. Was er nach diesem Treffen auf einmal besser verstehen konnte.

Nach der Frauenkirche würde er bei Gelegenheit mal Karl fragen, beschloss er, während er durch die abendlichen Straßen eilte. Er trat um eine Häuserecke – und bekam einen Schreck, dass ihm fast das Herz aus der Brust sprang. Um ein Haar wäre er in einen großen, schwarzhaarigen Mann in ebenso schwarzer Kleidung hineingerannt.

»Ich grüße Euch«, sagte der Mann ruhig und war keinen Deut überrascht. Es war Geuders Begleiter.

Das wahre Gesicht

Unwillkürlich sog sich Martins Blick an dem silberdurchwirkten Griff des Messers fest, das am Gürtel des Ehrbaren hing. Es sah plötzlich gar nicht mehr wie ein Messer aus. Sondern wie ein Dolch. Martin wollte herumfahren, losrennen, doch der Ehrbare packte ihn an der Schulter.

»Ich tue Euch nichts Böses«, versicherte er. »Ich bin Herr Muffel. Habt keine Angst.«

Die edle Mütze der Ehrbaren betonte den befehlsgewohnten Ausdruck im Gesicht des Mannes.

»Was ...«, brachte Martin heraus und wich an eine Häuserwand zurück.

»Ihr wolltet meinem Kameraden Herrn Geuder etwas sagen, über die Sache mit Bamberg und dem Schmied.« Herr Muffel sah amüsiert die Furcht in Martins Augen. Geistesabwesend spielten seine Finger mit dem kostbaren Messergriff. »So habt doch keine Angst. Wie es scheint, handelt es sich dabei ja um eine …«, er blickte Martin fest in die Augen, »… um eine recht brenzlige Sache, nicht wahr?«

Ohne sich über sein Handeln im Klaren zu sein, riss Martin sein eigenes Messer aus der Scheide.

»Kommt nicht näher!«, schrie er mit schriller Stimme und fuchtelte mit dem Messer herum. Der Ehrbare warf einen Blick auf die kaum einen Spann messende Klinge, trat einen Schritt zurück und öffnete die Hände zu einer beruhigenden Geste.

»Ich füge Euch keinen Harm zu«, versicherte er abermals.

»Warum fragt Ihr mich?«, rief Martin. Das Messer zitterte in seiner Faust. »Ihr seid Geuders Freund!«

»Und ich möchte wissen, was Ihr meinem *Freund*« – er sprach das Wort mit einer eigentümlichen Betonung aus – »sagen wolltet. Nichts weiter. Euere Worte werde ich mit Silber vergüten. Nun …«

Martin wartete nicht, bis Herr Muffel ausgesprochen hatte. Er fuchtelte abermals mit dem Messer, wirbelte herum und stürzte fort. Um ein Haar wäre er über seine eigenen Trippen gestolpert, riss sie sich von den Füßen und rannte. Rannte, als wären tausend Teufel hinter ihm her. Erst als die Erschöpfung ihn überwältigte, sank er an einem stehenden Fuhrwerk nieder. Von dem Ehrbaren war keine

Spur mehr zu sehen – offensichtlich hatte er ihn gar nicht verfolgt. Nun bemerkte Martin, dass er das Messer die ganze Zeit über offen in der Faust getragen hatte. Eilig steckte er es weg. Auch starrten seine Füße vom Schmutz der Straße. Er wischte sie sauber und streifte sich die Trippen über.

Doch seine Aufregung und sein verschwitzter Zustand blieben den Handwerkern nicht verborgen. Christian hielt ihm eine Standpauke, die sich gewaschen hatte, bis Walrabe dazwischenging. Michael feixte. Florian verpasste ihm daraufhin einen Klaps mit der flachen Hand gegen den Hinterkopf, schenkte Martin einen fragenden Blick und schwieg, wofür Martin ihm unbeschreiblich dankbar war. Nur Karl war nichts aufgefallen.

»Da war einer!«, rief der Geselle vergnügt. »Hat sich erst umgesehen und dann gefragt, wo du bist!«

Martin fuhr ein neuerlicher Schreck in die Glieder.

»Und?«, fragte er mit trockenem Mund.

»Und? Ich hab ihm gesagt, du bist kurz mal weg. Geht den doch nichts an – aber du bist ja ganz abgehetzt? Was ist? Was passiert?«

Martin winkte ab und beeilte sich, sich zu den anderen an den Abendbrottisch zu setzen, sprach das übliche Dankgebet und aß.

Als sie ins Schlafgemach gingen, überwand Martin sich und berichtete Florian von dem Vorfall.

»Ein Ehrbarer? Der Muffel heißt?«, wunderte der sich, der er ja nichts von Martins Kontakt zu Geuder wusste. Doch er fragte nicht weiter nach. Martin fühlte sich erleichtert.

Mitten in der Nacht erwachte Martin, als Florian leise aufstand und nach unten ging. Martin war froh, dass seine Blase ihn nicht gleichfalls in die Kälte hinaustrieb, und schlief sogleich wieder ein, in eine Nacht voll unruhiger Träume.

Am nächsten Morgen stand er auf, bemerkte, dass Florian noch dalag, mit geschlossenen Lidern, einen Arm über die Brust gelegt. Die Muskeln seines Oberarmes kamen so besonders gut zur Geltung. Üblicherweise war Florian mindestens so schnell aus dem Bett wie er. Seltsam. Er rüttelte den Jungen an der Schulter, bis er blinzelte, und wandte sich dann dem Hocker mit seinen Kleidern zu.

Er hörte Florian hinter sich aus dem Bett steigen, merkte, wie der andere Junge dicht hinter ihn trat – und bekam einen Stoß, der ihn gegen die Wand warf.

»He! Was soll das!«, rief Martin. Doch Florian hatte schon sein rechtes Handgelenk gepackt und verdrehte ihm mit einem Ruck den Arm. Mit dem freien Arm umschlang er seinen Hals.

»Du bist zu weit gegangen«, raunte Florian.

»Womit? Au! Du tust mir weh!«, jammerte Martin.

»Ich soll dich warnen«, fuhr Florian unbeeindruckt fort. »Lass dein Suchen bleiben. Renn dem Geuder nicht hinterher. Geh nie wieder zu dem Judenjungen. Und vor allem« – er verstärkte seinen Griff für die Dauer eines Augenblicks – »sprich nicht mehr mit dem Muffel.«

»Woher kennst du Geuders Namen – au! – du gehörst zu ihnen!«, röchelte Martin entsetzt. Florian schnürte ihm fast die Luft ab.

»Richtig«, bestätigte Florian mit einem überlegenen Klang in der Stimme. »Wenn du nicht zu suchen aufhörst, sorgen wir dafür, dass du ins Lochgefängnis kommst, soll ich dir ausrichten. Ins Loch, Martin. Dagegen ist euer Bamberger Schuldturm ein Palast! Da ist's kalt, da sind Ratten, die nagen an dir, wenn du schläfst. Und über dir, da sind die Folterknechte. Jeden Tag werden sie sich dich vornehmen. Jeden Tag. Sie haben Zangen und glühende Kohle und Streckbänke und Eisenringe und jede Menge andere Dinge. Bis du nur noch ein Häuflein Blut und Schmerz bist. Dann lassen sie dich in der Finsternis verhungern. Schön langsam. Also entscheide dich!«

Martin redete sich ein, dass Florian ihn nur einschüchtern wollte, aber es wollte ihm nicht so recht gelingen. Ins

Lochgefängnis! Seine Panik stieg noch weiter, bis er glaubte, vor Angst schier wahnsinnig zu werden.

Als Florian seinen Griff lockerte, ohne loszulassen, stöhnte Martin erleichtert. Für einen Augenblick war er so sehr mit sich selbst beschäftigt, dass seiner Furcht kein Raum mehr blieb.

»Kupferschlager hat dich beauftragt?«, stieß er schließlich hervor. Florian ließ ein zustimmendes Grunzen erklingen.

»Und nun schwör, dass du die Sache vergisst«, befahl er. Er drückte Martins Arm wieder ein wenig hoch. Martin starrte ihn entsetzt an, rang nach Luft, eingezwängt zwischen der Wand und dem Jungen, den er bis heute Morgen noch für seinen Freund oder wenigstens für seinen Verbündeten gehalten hatte. Ihm blieb keine Wahl.

»Ich schwöre«, stieß er hervor.

»Bei dem Leben des Judenknaben?«, zischte Florian.

»Ja. Au! Ja! Ich schwöre! Lass los! Ich schwöre!«

Florian kostete diesen Augenblick der Macht aus. Dann ließ er betont langsam los, lockerte die Klammer um den Hals und trat schließlich zurück. Befreit sank Martin aufs Bett, schnappte nach Luft und starrte fassungslos zu Florian empor, der sich mit verschränkten Armen vor ihm aufgebaut hatte und verächtlich grinste.

»Du hast mich belogen!«, keuchte Martin. Florian legte den Kopf schief.

»Jetzt übertreibst du«, erklärte er abfällig. »Du hast mich ja ganz von selbst zu deinem Freund gemacht.«

Martin schüttelte den Kopf. Florian hatte Recht. *Er* hatte sich ihm anvertraut, ihn um Hilfe gebeten. Florian hatte stets nur zustimmen müssen; *er* hatte Schutz in jener Kraft des Jungen gesucht, die sich nun so erbarmungslos gegen ihn wandte.

»Komm jetzt«, sagte Florian. »Du solltest Walrabe nicht verärgern.«

»Was geschieht denn nun?«, stieß Martin hervor. Er war den Tränen nahe. Florian zuckte mit den Schultern.

Als Florian nach unten gegangen war, wurde Martin von Verzweiflung übermannt. Er warf sich herum, vergrub das Gesicht in der Decke und weinte hemmungslos. Aber er durfte sich nicht gehen lassen. Er musste hinunter. Bevor es auffiel. Er musste sich beherrschen, er war doch kein kleines Kind mehr …

Als er sich endlich aufraffte, zitterten ihm immer noch die Knie. Der Schmerz von Florians Griff war gewichen, aber das Gefühl vollkommener Hilflosigkeit blieb. Er trocknete sein Gesicht mit dem Betttuch, so gut es ging.

»Hast du ein Gespenst gesehen?«, spottete Michael, als er Martin in die Werkstatt kommen sah. Ohne ein Wort und ohne den Blick zu heben, setzte Martin sich und löffelte die wässrige Frühstückssuppe.

Als er sich an die Arbeit machte, hielt er unwillkürlich Abstand zu Florian. Der aber verzog keine Miene und nähte schweigend, als wäre nichts geschehen.

Johnathan hatte gesagt, komm heute, komm, sobald du kannst. Aber jetzt war klar: Mit Florian als Wachhund kam er nirgendwohin. Vorher hatte Florian sich etwas einfallen lassen müssen, um Martin abzuhalten – das Betrunkenmachen in der Badstube, das Spiel am Abend und das absichtliche Reizen von Christian, damit er ihnen besonders viel Arbeit aufbrummte, all das hatte Florian absichtlich gemacht. Und fliehen? Unmöglich.

Martin stöhnte. Wie lang war er schon in Nürnberg, wie lang mussten Mutter und Bruder schon im Karzer schmachten, und jetzt das …

In dieser Nacht rückte er von Florian ab, so weit ihr enges Bett es zuließ, und das war nicht viel. Er träumte schlecht und hatte Angst.

Der Freitag begann, als wäre am Vortag nichts geschehen. Florian stand wie immer kurz vor ihm auf. Wortlos frühstückten sie, dann ging es an die Arbeit. Martin war den ganzen Tag wie gelähmt. Selbst wenn er versucht hätte, fortzukommen, Florian behielt ihn unauffällig im Auge.

So wurde es Samstag. Jeder freute sich auf den morgigen Sonntag. Nur Martin nicht.

»Ich zeig dir Nürnberg«, rief Karl, um Martins für ihn unerklärlicherweise so bedrückte Miene aufzuhellen. Martin war dem Gesellen dankbar für sein Bemühen, doch er hatte auch bemerkt, wie Florians Kopf bei Karls Worten hochgeruckt war und sich ein schmales Lächeln auf seine Lippen gelegt hatte. Florian würde jedenfalls mitkommen …

Michael dagegen nutzte Martins Trübsinn auf seine Weise.

»Na, spendest morgen wieder deinen ganzen Lohn und bettelst hinterher den Karl an?«, fragte er spitz, als Karl für einen Augenblick aus der Werkstatt verschwunden war. Martin wollte ihm gerade seine ganze Verachtung in heftigen Worten entgegenschleudern, da kam der Geselle mit zwei Männern und einem ziemlich verwirrten Gesichtsausdruck wieder herein. Martin erstarrte. Einer der beiden war Herrmann.

In Bedrängnis

So bald? Schon heute? Er hätte nicht gedacht, dass Florian nach seiner ebenso handfesten wie wirkungsvollen Drohung so schnell fortfahren würde, Martin zu bekämpfen. Herrmann war da. Ging auf Martin zu, der sich wie ein gehetztes Tier umsah. Florian blickte die beiden Männer seltsamerweise erstaunt an.

Herrmanns Hand schoss vor und packte Martin am Kragen.

»Du kommst mit«, sagte er. Martin sackte das Herz in die Hose. Jetzt war alles vorbei, endgültig.

Er wurde in Walrabes Kontor gezerrt, wo der Meister bereits mit zornesrotem Gesicht saß und ein Schreiben von Herrmanns Begleiter entgegennahm. Martin bemerkte, dass dieser Mann nicht derselbe war wie jener, den er bisher mit Herrmann zusammen angetroffen hatte. Sein Herz schlug ihm nun bis zum Hals hinauf. Diesmal bot sich ihm keine Möglichkeit zur Flucht.

Herrmann zerrte Martin vor Walrabes Tisch.

»Er«, sagte er und schüttelte Martin, »ist Holger. Richtig? Er ...«, wollte er fortfahren, wurde aber von seinem Begleiter unterbrochen.

»Lasst mal, Herrmann. Nicht in diesem Ton zu einem Meister. Nun, Herr Walrabe«, wandte er sich mit ruhiger Stimme an den Meister, »dies ist doch Holger, nicht wahr?«

Walrabe nickte. »Ich wäre Euch überaus dankbar, wenn Ihr meinen Gesellen loslassen würdet«, meinte er mühsam beherrscht. Tatsächlich lockerte Herrmann den Griff und schnaubte abfällig.

»Ihr sagtet *Geselle,* Meister, und Ihr habt Recht. Denn der Rat kennt diesen Jungen als Gesellen. Aber ist er das wirklich?«

»Wollt Ihr mich etwa als Lügner hinstellen?«, donnerte Walrabe los. »Ihr Büttel unseres Viertelmeisters steckt euere Nasen reichlich tief in unsere Angelegenheiten! Es gibt Grenzen, auch für Euch!«

»Ruhig, Meister, ruhig. Es könnte ja sein, dass dieser Knabe Euch hinters Licht geführt hat.«

»Niemand führt mich hinters Licht«, erwiderte Walrabe finster. »Und ein Knabe ist dieser Geselle von vierzehn Jahren wohl nicht mehr.«

Herrmanns Begleiter musterte Martin und meinte: »Seht Ihr, das meine ich. Ich hätte nicht geglaubt, dass dieser Kerl seine vierzehn Jahre alt ist. Ich hätte nicht geglaubt, dass Ihr diesen Gesellen auf Wanderschaft einstellt. Der nicht einmal die Rechenkunst beherrscht.« In süßlichem Ton fügte er hinzu: »Ihr, der Ihr doch stets so sparsam seid.«

Walrabe hörte sich die Worte des Mannes an, lehnte sich zurück und fragte verächtlich: »Welchen Vorteil, meint Ihr, sollte die Einstellung eines Lügners als Gesell haben.«

»Diese Frage«, entgegnete der Mann scharf, »müsst Ihr schon selbst beantworten.«

»Nun, es wäre mir Vorteil genug, wenn ich Euch und den hochnäsigen Herren damit Ärger bereiten könnte«, erwiderte Walrabe kalt. »Aber Euere Anschuldigung ist falsch.«

»Zügelt Euere Zunge, Meister!«, rief Herrmann. »Immerhin bekommt Ihr Geld für jeden Gesellen, also auch für Holger. Wenn er nun aber in Wahrheit kein Geselle ist, dann könntet Ihr seinen Anteil einstreichen!«

Walrabes Augen verengten sich. Sein Bart begann, sich zu sträuben. Hätte er Martin den Blick geschenkt, mit dem er Herrmann maß, Martin wäre überzeugt gewesen, sein letztes Stündlein habe geschlagen.

»Dies hier«, sagte er mit Unheil verkündender Stimme, »dies hier ist mein Geselle. Nicht wahr?«

Martin schrak hoch.

»Natürlich! Natürlich, Meister Walrabe!«

»So. Seht Ihr? Und nun – schert Euch fort. Kuscht Euch zu Eueren hohen Herren, aber ein bisschen plötzlich! Verstanden!«

Die letzten Worte brüllte Walrabe so laut, dass Martin die Ohren klangen. Tatsächlich verharrten die beiden noch für die Dauer eines Herzschlages, dann drehten sie sich um und verließen steif das Kontor, nicht ohne Martin böse anzusehen.

»Wer waren die?«, wagte Martin zu fragen.

»Das? Kettenhunde des Herrn Viertelmeisters, unseres Stadtrates, der Handelshäuser, all der Ehrbaren da draußen – aber was stehst du herum? Pack dich! Die Arbeit macht sich nicht von alleine! Und vergiss unsere Abmachung nicht, das rate ich dir.«

Verwirrt kehrte Martin an seine Werkbank zurück. Florian blickte neugierig zu ihm hin und vertiefte sich dann wieder in seine Arbeit.

»Sag mal«, fragte Martin am Abend, als sie beide draußen im Hof hockten, den Hühnern zusahen und auf Brotkanten herumkauten, »euere Leute haben mich doch schon zweimal fast gehabt!«

»Nein«, erwiderte Florian einfach. Für einen Augenblick schien es Martin, als wären sie wieder die alten Freunde – doch Florian war niemals sein Freund gewesen.

Aber so richtig sein Feind war er auch nicht, glaubte Martin, wenigstens nicht, wenn er ihm keinen Grund dafür lieferte.

»Die waren nicht von uns«, fuhr Florian fort.

»Erzähl mir doch keine Märchen!«

»Ich lüge nicht«, stellte Florian fest.

»Aber wer war das dann?«, fragte Martin ratlos.

»Hat Walrabe doch gesagt.«

»Und der andere Ehrbare, der Muffel, dem ich nichts verraten darf?«

»Dem darfst du nichts verraten«, bestätigte Florian.

Martin seufzte. Das half ihm ja nicht gerade weiter. Immerhin wusste er nun, dass die beiden tatsächlich nicht von Kupferschlager kamen, sondern es wohl auf Walrabe abgesehen hatten.

Still beobachteten sie das plusterige Gebaren des Hahns, der wieder einmal um eine seiner vielen Hennen warb.

Nach der sonntäglichen Morgenmesse kamen sie wieder zur Lohnauszahlung. Zu Martins Erstaunen durfte er diesmal einen Teil des Geldes behalten. Offenbar bekam Walrabe nach dem Besuch der beiden Männer kalte Füße.

Karl ging mit Martin und natürlich auch mit Florian nach einem ausgiebigen Mittagsmahl los in die Stadt. Sie liefen kreuz und quer durch Nürnberg, sogar zur Kaiserburg hinauf. Als sie dann den Hauptmarkt überquerten und an einem Brunnen Wasser tranken, fragte Martin: »Hier war mal ein Judenhof, nicht?«

Karl setzte seinen Becher ab und deutete scherzhaft mit dem Finger unter sich.

»Da unten. Die Hütten haben wir aufgeschüttet, das war so schlammig.«

»Und die Juden?«

»Ham das Pack ausgeräuchert.« Karl grinste. »Genauso wie die Ketzer die letzten Jahre!«

Martin schluckte. In Bamberg galt *er* als Ketzer. Mutter und Bruder auch. Hatte man sie vielleicht schon …? Er schob den Gedanken beiseite.

»Ketzer brennen gut«, scherzte Florian. In Martins Ohren klang es wie eine Drohung. Und wahrscheinlich war es genau das.

»Florian! Hilf mit!«

Christian hatte sie entdeckt, war eiligen Schrittes zu ihnen gekommen und machte eine ungeduldige Handbewegung zu Florian. Er duldete keinen Widerspruch und nahm ihn ins Schlepptau. Wenig später war Martin mit Karl allein. Der Wachhund war fort. Die Gelegenheit musste er beim Schopf packen!

»Sag mal, treffen wir uns nachher hier? An der Frauenkirche? Mir ist grad was eingefallen.«

Karl hatte nichts dagegen einzuwenden. Sie vereinbarten eine Zeit, und Martin rannte los, so schnell seine hölzernen Unterschuhe es zuließen. Je weiter er sich vom Markt entfernte, desto größer wurde seine Erleichterung. Vielleicht, nein, hoffentlich bemerkte Florian nicht einmal, dass Martin weg gewesen war.

Zu Johnathan. Er kratzte notdürftig den Schmutz aus den Trippen und klopfte an die Tür des Hauses. Wurde mit einem mürrischen Blick eingelassen.

Martin stürmte in das Zimmer seines Freundes. Johnathan schlief. Frau Nimrod wollte Martin zurückhalten, doch er war schon an ihr vorbei und rüttelte Johnathan unbeabsichtigt fest an der Schulter.

»Au!«, schrie Johnathan auf und schrak aus dem Schlaf.

»Verschwinde! Was fällt dir ein? Siehst du nicht ...«, begann Frau Nimrod.

»Es ist wichtig, geht nur uns was an!«, zischte Martin eindringlich Johnathan zu. Der hörte den Beiklang von Panik in der Stimme seines Freundes und sagte: »Es ist gut, Frau Nimrod. Martin hat mir Eiliges zu sagen.«

Und schwieg. Die Frau machte ein langes Gesicht, deutete das hartnäckige Schweigen richtig und verließ hocherhobenen Hauptes das Gemach.

»Jetzt ist sie eingeschnappt«, seufzte Johnathan, und

Martin konnte ein Grinsen nicht unterdrücken. Sogleich begann er, von Florians Offenbarung zu berichten, schilderte sogar mit einigem Herumdrucksen dessen brutalen Überfall und erzählte vom Ehrbaren Muffel und den beiden Abgesandten, die Martin als Lehrjungen entlarven wollten. Johnathans Gesichtsausdruck wandelte sich von Satz zu Satz, und es wäre untertrieben gewesen, ihn als entsetzt zu bezeichnen.

»Florian war ein Spion! Er sollte dich überwachen – klar, war kein Zufall, dass er so kurz nach dir zur Werkstatt kam. Und ich hab das nicht erkannt!« Er schlug sich gegen die Stirn. »Jetzt haben wir richtige Schwierigkeiten. Du musst auf jeden Fall zur Schneiderei zurück, wo sollst du sonst hin. Kupferschlager, oder wer sonst noch hinter der Sache steckt, wird es wohl nicht wagen, dich zu greifen. Sie sind sich nicht sicher, wie viel du schon herausgefunden hast und vor allem wer deine Mitwisser sind. Das sollte Florian wohl rausfinden, aber du warst schneller, als es ihm lieb sein konnte, und er musste einschreiten, damit du nicht zu weit kamst!«

»Weißt du schon was über Geuder?«

»Oh ja – das ist sogar sehr interessant. Und sehr gefährlich. Geuder ist tatsächlich ein Ehrbarer. Sogar Viertelmeister, ein Mann mit Einfluss. Hat viele Freunde und viele Feinde oder besser Neider. Und pass auf. Jetzt kommt das Beste«, sagte er. »Der Geuder ist, genauso wie der Rat Holzschuher, nicht nur Ehrbarer und Rat. Er ist auch Tuchgroßhändler und Herr eines größeren Gezeugverlages.«

»Ach«, sagte Martin und tat erstaunt, obwohl er nicht verstand, was Johnathan daran so bedeutend fand. Sein Freund aber durchschaute ihn mühelos und seufzte.

»Bamberg handelt mit Tuchen. Keine bedeutende Konkurrenz für Nürnberg, aber lästig denn doch. Außerdem hat Bamberg Zünfte, Nürnberg nicht, hier stehen die Handwerker ganz und gar unter der Fuchtel der Ehrbaren. Dann liegt Nürnberg auch noch in der Diözese des Bischofs von Bamberg. Also, was würde ein Ehrbarer wohl am liebsten tun? Die Bamberger zurechtstutzen, ihr Zunftwesen einschränken. Dazu benutzt er den Bischof.«

»Hä?«, machte Martin.

»Die Zünfte zetteln einen Aufstand an, und die Nürnberger unterstützen sie dabei, insgeheim. Aber nur so weit, dass der Bischof den Aufstand wieder niederschlagen kann.«

»Warum?«

»Na, was tut Bischof Lamprecht nach der Niederschlagung des Aufstands? Er enthauptet ein paar Rädelsführer, zumeist eifrige Verfechter des Zunftwesens. Andere wandern in den Karzer. Vor allem aber sorgt er dafür, dass die Zünfte besser kontrolliert werden. Was dann wiederum den Handel bremst. Ergebnis: Bamberg hat mit sich selbst zu tun, die Nürnberger Ehrbaren sehen mit Genugtuung die Zünfte von Bamberg geschwächt und brauchen erst einmal nicht zu fürchten, dass die eigenen Handwerker wieder Zünfte bilden möchten. Der Bischof ist auch ein wenig angeschlagen, und das ist für Nürnberg günstig, weil die Stadt in seinem Einflussbereich liegt. Ein Spiel mit dem Feuer, aber es hat funktioniert.«

»Und mein Vater?«

»Der Geuder hat diese Angelegenheit sicher mit Schlaginhaufen besprochen. Dass der Funke in Bamberg geschürt werden solle, aber mit dem Ziel, dass der Aufstand zusammenbricht. Das hat dein Vater wohl in der Werkstatt erfahren, und ehe er zu Hause davon berichten und seine Leute warnen konnte ... zack.« Johnathan fuhr sich mit dem Finger über die Kehle.

Es dauerte eine Weile, bis Martin seine Gedanken wieder geordnet hatte.

»Deswegen musste er sterben?«, fragte er schließlich. »Weil er aus Versehen von der Verschwörung erfahren hat?«

»Wahrscheinlich«, erwiderte Johnathan. »Vielleicht hat er auch was davon geahnt und wollte mehr rausfinden. Weißt du, was mir Angst macht?«

Martin blickte fragend. Ihm saß ein Kloß im Hals.

»Das wollen wir auch. Mehr rausfinden, meine ich.«

»Aber der Aufstand ist vorbei!«

»Und? Die Verschwörer werden ihr gelungenes Komplott doch kaum im Nachhinein aufgedeckt sehen wollen, oder? Sie haben einmal gemordet, deinen Vater. Dann wollten sie mich umbringen, damit ich nicht zu dir nach Nürnberg komme. Wäre ihnen auch fast gelungen«, er zupfte an seinem Verband. »Glaub mir, wenn sie sich nicht unsicher wären, wem du dich alles anvertraut hast und wie viel du schon weißt – du wärst nicht mehr.«

Eiskalt lief es Martin den Rücken hinunter.

»Das Schlimme ist, dass es vom Gesellen bis hinauf zum Ratsmitglied Verschwörer gibt. Ihre Macht muss gewaltig sein.«

»Und wir stehen allein da«, murmelte Martin bedrückt.

»Schon, aber wir haben das hier«, Johnathan zog die zwei Siegelstempel unter dem Bett hervor, die gut als Beweise für die Untaten der Verschwörer in Bamberg verwendet werden konnten. »Wir müssen uns beeilen. Du bringst außerdem die Juden in Gefahr, wenn du dich mit den Mächtigen anlegst und immer wieder hierher kommst. Und wenn du wartest, dann werden unsere Feinde die Schlinge zuziehen – mit Florian haben sie den ersten Schritt schon getan.«

Nach einer Weile erhob sich Martin.

»Du hast Recht«, meinte er. »Aber ich weiß einfach nicht ...«

»Versuch, den Muffel zu treffen! Ich erkundige mich inzwischen nach ihm. Der hat wohl was gegen Geuder, vielleicht ist er ja unsere Rettung! Wenigstens ist es den Versuch wert! Und wenn Florian dich wieder fragt, tu so, als ob es noch andere gäbe, die von der Sache wissen.«

»Wen?«

»Tu einfach so. Spiel zur Not auf den Muffel an … nur zur Not, sag nicht seinen Namen. Das wird Florian unsicher machen und uns schützen.«

»Hoffentlich«, brummte Martin unglücklich. »Du bist gut!«

»Uns bleibt nichts anderes übrig«, sagte Johnathan.

»Na denn … ich muss gehen. Sonst merkt Florian was.«

Sie gaben sich die Hand, unglücklich und voller Angst.

Ein gutes Geschäft

Viertelmeister Geuder bohrte sich geistesabwesend im Ohr. Die Sitzung des Rates verlief zäh und langweilig wie immer. Gerade gab der jüngere Bürgermeister die Zusammenfassung der Handwerkerpost bekannt: Es hätten keine Briefe verdächtigen Inhalts Nürnberg erreicht, jedoch sei da ein Brief gewesen, in dem ein Plattner zu detailliert über sein Handwerk berichtete, deshalb habe man diesen Brief in Verwahrung genommen, und er wäre diesen und jenen Inhalts gewesen. Dann berichtete er über andere wichtige Dinge: Es seien die Zeichenmeister unzufrieden gewesen mit der Tuchqualität der Schürstabs, aus diesen und jenen Gründen. Die Loderer würden sich über Zeitdruck beklagen, da man bis dann und dann soundso viel gefärbten Loden bestellt habe, und was den Preis für Indigo betreffe …

Geuder schnippte das Ohrenschmalz von der Fingerspitze, dämmerte in einen wohligen Halbschlaf hinein – und war plötzlich hellwach. Ein Mann hatte den Ratssaal betreten. Ein Mann, ganz in Schwarz, der zwar kein Mitglied des Rates war, wohl aber ein hoch angesehener Ehrbarer. Es war der Herr Muffel. Wie ein Blitz durchzuckte es Geuder, als Muffel ihm zuzwinkerte, ansonsten aber ein ausdrucksloses Gesicht wahrte.

Was wollte der denn hier?, ging es Geuder durch den Kopf. Er verspürte einen Hauch von Beunruhigung.

Muffel wartete geduldig, bis der Rat Zeit für ihn fand, trat zu den Herren an den Tisch und begann nach der üblichen Begrüßung mit seinem Anliegen.

Er wolle mit dem Erzeugen und der Verarbeitung flämischer Wolle beginnen, erklärte Muffel. Seine Schneidereien und Färber verarbeiteten derzeit nur minderwertige Stoffe. Doch um nun auch flämische Wolle nutzen zu können, brauche er das Einverständnis des Rates. Und er brauche zu günstigen Bedingungen einen Tuchanteil von einem großen Gezeugverlag, damit die Arbeit in Gang käme. Wer dazu wohl in Frage käme?

Wohl Viertelmeister Geuder, ließ sich einer der Räte vernehmen. Aber woher Herr Muffel die Gewissheit nähme, dass er die gewünschte Erlaubnis erhielte?

Nun, er habe Fürsprecher, die die Lage erklären könnten, erwiderte Muffel. Man werde einsehen, dass es für

Nürnberg und auch für die Herren des Rates nur von Vorteil wäre, wenn er gleichfalls hochwertige Tuche verarbeiten könne.

Keiner der Räte bemerkte, wie Muffel Geuder unmissverständlich einen Stoß gegen das Bein versetzte, als er von den »Herren des Rates« sprach. Geuder blickte voll Unmut zu Muffel auf. Als dieser wie beiläufig einen kleinen Schlüssel vor sich auf den Tisch legte, da hatte der Viertelmeister Gewissheit: Ein Schlüssel war Teil von Bambergs Wahrzeichen. Zorn kochte in Geuder hoch. Muffel wollte ihn erpressen. Durch dieses unsinnige Zusammentreffen mit dem fremden Jungen ahnte Muffel, dass Geuder in der Sache des Bamberger Aufstandes mit drinsteckte.

Der Viertelmeister ließ sich seinen Zorn nicht anmerken. Er schluckte und erklärte, ja, Muffels Vorschlag sei nicht von der Hand zu weisen, schließlich könne Nürnberg von einer Erhöhung der Produktion hochwertiger Tuche nur profitieren. Er würde Herrn Muffel auch gern in der ersten Zeit mit flämischer Tuche beliefern.

Als die Sitzung beendet war, hatte Muffel das Einverständnis des Rates für seine flämische Wolle in Aussicht. Geuder ging als Letzter hinaus. An der Tür stand Muffel und tat, als wäre er tief in Gedanken versunken.

»Ihr werdet mich zu *günstigen* Bedingungen beliefern«, flüsterte Muffel. »Verlasst Euch darauf: sobald ich mehr über Euere kleinen Spielchen erfahren habe. Aber diese

Erlaubnis hier ist ja schon ein Schritt in die richtige Richtung.«

Geuder warf Muffel einen vernichtenden Blick zu. Dieser fremde Junge namens Holger wurde lästig.

Tatsächlich erschien Karl, kurz nachdem Martin bei der Frauenkirche eingetroffen war. Beruhigt stellte Martin fest, dass der füllige Mann fröhlich und keinen Deut argwöhnisch wirkte. Zumindest er schien nicht zu dem Ränkespiel zu gehören, das sich um Martin herum bildete.

»Hast du Florian gesehen?«, fragte er.

»Den hat Christian wohl in seinen Klauen, der Ärmste«, erwiderte Karl und schüttelte den Kopf. Martin war erleichtert. Den restlichen Tag ließ er sich neben Karl hertreiben, der glücklich war, dass ihm jemand Gesellschaft leistete.

Erschöpft vom Laufen kam er mit Karl zur Werkstatt zurück. Er nickte dem Gesellen zu, ging hinauf ins Schlafgemach und setzte sich aufs Bett, um Luft zu schöpfen. Dann hörte er, wie jemand die Treppe heraufkam, und war erleichtert, als die Schritte sich zur Stube bewegten. Es war nicht Florian. Martin fürchtete sich vor dem Jungen, das musste er zugeben.

Schließlich wurde er zum Abendessen gerufen, trat aus der Kammer – und drei Ohrfeigen knallten in rascher Folge. Er wurde aufs Bett gestoßen.

»Du warst weg«, raunte Florians Stimme in sein Ohr. »Ich hatte dich gewarnt!«

Martin brach der Angstschweiß aus. Florian trat zurück und baute sich drohend vor ihm auf.

»Verrat mir nur eins: Wo warst du?«

Martin war kein Held. Die ständige Angst, die wachsende Gefahr, nun der Schrecken des völlig unerwarteten Überfalls und die Furcht vor Florian brachen seinen Widerstand. Als Florian fragte: »Bei dem Juden?«, da nickte er. Und verfluchte sich und seine Schwäche.

»Wir wissen, was ihr geplant habt, dass ihr Verräter seid, dass Geuder einer von euch ist, dass ihr euch gegen die Bamberger und den Bischof verschworen habt! Wir wissen das!«, stieß er trotzig hervor.

Florian lachte und zog sein Messer.

»Siehst du das hier?«, fragte er und hielt Martin die Klinge unter die Nase. »Weißt du auch was darüber?« Er steckte das Messer wieder ein. »Und jetzt komm zum Essen.«

»Das Lochgefängnis?«, fragte Martin angstvoll. Florian versetzte ihm einen leichten Klatsch vor den Bauch, lachte und ging ohne ein weiteres Wort hinunter zum Abendessen. Wiederum konnte Martin das Zittern in seinen Gliedern nicht unterdrücken, als er ihm folgte und sich zu den anderen setzte, zumal seine Wangen von Florians allzu heftigen Maulschellen glühten. Wiederum lachte Michael über ihn, wurde von Florian zurechtgewiesen und feixte dennoch bei jeder Gelegenheit. Die anderen wunderten sich wohl über Martins Zustand, gingen jedoch nicht darauf ein.

Wenn Martin befürchtet hatte, Florian könne ihn beim Schlafengehen wieder bedrohen, sah er sich getäuscht: Der Junge war still wie stets. Und wieder stand er nachts auf und verschwand. Diesmal blieb Martin mit Herzklopfen wach. Es dauerte lange, bis Florian zurückkehrte. Zu lange, viel zu lange, um sich nur eines drängenden Bedürfnisses zu entledigen. Vielleicht fiel gerade die Entscheidung über sein Leben, dachte Martin bedrückt.

Schließlich kam Florian wieder. Martin stellte sich schlafend, und der Junge begann schon bald zu schnarchen.

Der Bote nickte dem Stallknecht zu, zog die Gurte des Reisegepäcks fest und schwang sich auf den Rücken seines Pferdes. Er hatte den weiten Weg nach Bamberg vor sich, und er hatte es eilig. Nachdem er sich die Gugelkapuze ins Gesicht gezogen hatte, gab er seinem Tier die Sporen.

Zusammengesunken saß Martin über seiner Arbeit. Er konnte Florian nicht in die Augen sehen. Seine Nähe allein lastete wie ein erdrückendes Gewicht auf ihm. Schon beim ersten Angriff des Jungen hatte Martin sich tief gedemütigt gefühlt – dieser Kerl hatte ihn ganz und gar in seiner Gewalt gehabt, wie eine Katze die Maus. Florians zweiter, nicht weniger überraschender Angriff hatte Martin gezeigt, dass der stille Lehrjunge jederzeit wieder zuschlagen konnte. Angst schnürte ihm die Kehle zu. Nicht einmal Michaels Sticheleien – vor denen Florian ihn weiterhin in Schutz nahm – nahm er wahr. Er musste zu Johnathan, doch es war unmöglich. Selbst wenn er Florians Wachsamkeit entkam, zurückzukehren brauchte er dann nicht mehr. Zumindest nicht, wenn ihm an seinem Leben etwas lag.

Bedrückt, ohne nach rechts oder links zu sehen, trottete er am frühen Nachmittag hinaus in den Hof, zum Heimlichen Gemach, dem Plumpsklo, das am Zaun zum Nachbarhof stand. Die Seitenwand grenzte an das Heimliche Gemach des Nachbarn jenseits des Zaunes. Eine Weile saß er da, rang mit seinen Gedanken und mit seiner Verzweiflung und war nahe daran, in Tränen auszubrechen. Die Sonne schien durch die Ritzen des Bretterverschlages und gaukelte eine heile Welt vor. Er nahm gar nicht wahr, wie die Tür des benachbarten Plumpsklos ging.

»He!«

Martin fuhr hoch. Das war von der Seite gekommen, von dort, wo Bretterverschlag an Bretterverschlag grenzte.

»Was ... wer ist da?«, fragte er ebenso leise wie die Stimme, die kaum mehr als ein Hauch gewesen war.

»Ihr seid Holger. Ihr habt etwas gegen Geuder in der Hand.«

Es war unmöglich zu erkennen, ob die Stimme einem Bekannten oder einem Fremden gehörte, dazu sprach sie zu leise. Martin neigte sich der Trennwand zu, versuchte, einen Blick durch die Fugen zu werfen, ohne Erfolg.

»Der Ehrbare Fritz Muffel schickt mich«, fuhr die Stimme fort. »Bei euerer letzten Begegnung habt Ihr ihn nicht zu Wort kommen lassen.« Die Stimme ließ ein unterdrücktes Kichern hören. »Er ist nicht Euer Feind.«

Martins Ohren glühten.

»Weiß ich jetzt«, zischte er. »Was will er?«

»Ich muss mich beeilen. Sonst müsst Ihr noch behaupten, Ihr hättet Durchfall und bräuchtet deshalb so lang.« Wieder ein unterdrücktes Glucksen. »Also. Muffel will sich mit Euch treffen. Er weiß, Ihr seid in Schwierigkeiten. Und er weiß, Ihr seid nicht allein. Bringt den anderen mit!«

»Wer sagt mir, dass das keine Falle ist?«

»Herr Muffel ist Euer Freund. Wir haben keine Zeit zu verlieren: Euer Feind wird in Kürze zuschlagen.«

»Warum will mir Muffel denn helfen?«

»Ihr sagt ihm, was Ihr gegen Geuder wisst. Er zieht Eueren Kopf aus der Schlinge.« Die Stimme nahm einen gehetzten Beiklang an. »Muffel und Geuder sind beide Ehrbare, aber das heißt nicht, dass sie gute Freunde sind! Alles, was Ihr wissen müsst, ist, dass Muffel gern einige Dinge über Geuder erfahren würde, die Ihr und Euer Begleiter offenbar wissen. Dafür wird er Euch helfen. Also gut?«

»Hab ich eine Wahl?«, gab Martin zurück.

»Wann könnt Ihr kommen? Heute noch?«

»Nö. Florian passt auf mich auf … außer nachts vielleicht.«

»Wir dürfen keine Zeit verlieren. Also heute Nacht. An der Spitalbrücke. Zur Mitternachtsstunde. Kommt beide, du und dein Kumpan. Dort wird Muffel Euch treffen!«

»Wir kommen«, erwiderte Martin. Die Stimme verstummte, dann ging die Tür. Martin hätte zu gern nachgesehen, wer der Fremde gewesen war, aber ein allzu natürlicher Umstand hinderte ihn daran. Hastig konzentrierte er sich wieder auf den Grund seines Hierseins – da wurde die Tür aufgerissen.

»Was brauchst du denn so lange?«, fragte Florian ungehalten.

»Kann ich nicht mal hier meine Ruhe haben?«, schrie Martin. Florian ließ die Tür zufallen, wartete aber draußen.

»Mann, brauchst du lang«, brummte Florian, als Martin herauskam. Martin biss sich auf die Lippen, zuckte mit den Schultern und ging an Florian vorbei in die Werkstatt.

Das größte Problem war, an Johnathan heranzukommen. Florian ließ ihn keinen Moment aus den Augen. Das bedeutete, dass er auch erst in der Nacht zu Johnathan gehen konnte.

»Du hast deinen Schwur gebrochen, gestern«, sagte Florian leise zu ihm, als sie am Abend die verlassene Werkstatt kehrten. »Du warst wieder weg. Damit ist das Leben deines Freundes verwirkt.«

Martin bekam einen eisigen Schrecken und starrte Florian an.

»Du hast bei seinem Leben geschworen«, erklärte Florian schulterzuckend, während er in aller Seelenruhe weiterkehrte. »Oder?«

Martin schluckte. Einen Schwur zu brechen war tatsächlich eine schlimme Sache. Aber nicht nur bedrohte Johnathan der Fluch des gebrochenen Schwurs, sondern auch Kupferschlagers Männer, wie Florian es eben bestätigt hatte. Sicherer konnte einem der Tod gar nicht mehr sein. Also musste er Muffels Angebot annehmen. Heute Nacht! Da konnte er nur hoffen, dass Johnathan noch lebte …

In der Nacht gab sich Martin alle Mühe, den Schlafenden zu mimen. Florian musste zumindest in dieser Nacht nicht wieder raus – Martin wusste nicht, ob ihn das beruhigen oder beunruhigen sollte –, sondern schnarchte herzhaft. Mit klopfendem Herzen wartete Martin. Wartete. Und wartete. Und wartete. Hatte den Eindruck, eine Ewigkeit dazuliegen.

Irgendwann schälte er sich vorsichtig aus der Decke, vergewisserte sich, dass Florian wirklich schlief – was wahrlich der Fall war, er schlummerte so beneidenswert tief wie ein Murmeltier –, tastete nach seinen Kleidern und schlich sich hinaus. Im Hof zog er die Kleider, Wollmantel und Gugelkapuze an, streifte seine Trippen über und griff einen armlangen Knüppel, um sich streunende Hunde vom Leib halten zu können. Vielleicht brauchte er ihn ja auch gegen ganz andere Gegner …

Es war gar nicht einfach, das Werkstatttor zu öffnen, ohne dass es erbärmlich quietschte. Martin schlüpfte in die Nacht hinaus. Schon einmal, im fernen Bamberg, war er durch finstere Straßen geschlichen. Der Schein des Mondes ließ zumindest die Umrisse der Häuser erkennen, wenngleich es hier unten so finster blieb, dass man kaum die Hand vor Augen sehen konnte.

An den Häuserwänden entlang tappte er weiter. Da sah er aus einer der Gassen vor sich Flackerschein dringen, hörte Schritte, wich zurück an die Häusermauer und kauerte sich in eine Nische. Drei Männer, zwei mit Armrusten und einer mit einer langen Helmbarte, kamen um die Ecke gelaufen und schwenkten eine Blendlaterne vor sich her. Der Feuerschein streifte Martins Gesicht. Die Stadtwachen hielten genau auf ihn zu, er spannte sich zum Sprung, sie mussten ihn gesehen haben – und zogen dicht an ihm vorüber. Das stumpfe Ende des Helmbartenstiels versetzte Martin einen Nasenstüber.

Unter Herzklopfen atmete er auf. Das war knapp gewesen! Ein Junge mitten in der Nacht ohne Laterne auf der Straße, das hätte eine Menge Fragen und wohl auch Karzerstrafe bedeutet.

Die Nachtluft war kühl. Martin hatte Glück: Er fand den Weg auf Anhieb und stand also bald vor dem Haus von Johnathans Gastgebern im Judenviertel. Er machte sich seine Lage bewusst. Mitten in der Nacht stand er ohne Laterne in einem Viertel, das man getrost als das Viertel der Geächteten bezeichnen konnte, und wollte seinen Freund holen, der krank im Bett lag. Hervorragend.

Schließlich fasste er sich ein Herz und klopfte an die fest verschlossene Tür. Horchte, klopfte. Horchte. Klopfte stärker. Fürchtete, sämtliche Hunde der Nachbarschaft aufzuschrecken und die Nachtwache mit dazu. Klopfte abermals, sah sich schon im Karzer landen. Hörte Schritte. Eine dumpf klingende Stimme. Sagte seinen Namen. Und wurde eingelassen.

Herr Nimrod glotzte ihn verschlafen an und stellte die Axt weg, die er gegriffen hatte.

»Ich muss zu Johnathan! Bitte verzeiht meine Frechheit!«, sagte Martin und eilte an dem Mann vorbei, ehe der reagieren konnte.

Es war gar nicht so einfach, Johnathan zu wecken. Doch als Johnathan die Augen öffnete und das Gesicht seines Freundes erkannte, war er augenblicklich hellwach. Eilig berichtete Martin, was die Stimme auf dem Heimlichen Gemach ihm gesagt hatte.

»'ne Falle«, brummte Johnathan und kratzte sich.

»Oder die Rettung«, wandte Martin ein. Johnathan wiegte den Kopf.

»Wenn's tatsächlich der Ehrbare Muffel ist – das wär allerdings ... sehr gut, wahrscheinlich. Hat gesagt, ich müsste mitkommen?«

Martin nickte.

»Jedenfalls lass ich dich nicht im Stich«, nuschelte Johnathan. »Kann eh mal ein bisschen Rumlaufen vertragen! Immer nur liegen, das ist nicht gerade toll.«

Martin wollte widersprechen, aber Johnathan war schon aufgestanden und trottete gähnend hinüber zu der Truhe, in der seine Sachen lagen. Er schlüpfte in die Kleider, zog zusätzlich einen Schurwollumhang über die Schultern und eine warme Gugel über den Kopf und ließ sich Martins Stock zum Abstützen geben, dann brachen sie auf. Herr Nimrod wollte sie aufhalten, raufte sich die Haare und zeterte, aber er konnte sie nicht an ihrem Vorhaben hindern.

Zwar musste Johnathan vorsichtig gehen, seine Schulter bereitete ihm Schmerzen, aber er hielt tapfer durch. Ihre Trippen verursachten auf dem Straßenlehm kaum ein Geräusch. Ein durchdringender Gestank verriet ihnen, dass sie sich dem Hauptmarkt näherten.

Wie der Platz im bleichen Mondlicht dalag, erinnerte er Martin an seine erste Nachtwache in Bamberg. Johnathan stieß ihn an. Schnell duckten sie sich: Eine Gruppe Bürger überquerte den Platz und verschwand in einer Gasse. Die Nachtwache.

Als Martin den ersten Schritt auf den Markt tat, fuhr er erschrocken zusammen: Seine hölzernen Trippen hatten ein trockenes Knallen auf dem gepflasterten Platz erzeugt. Hastig streiften sie die Unterschuhe ab. Unter den nackten Füßen war das Pflaster eisig kalt, aber ein Teil des Bodens war sowieso von Tierkot und Marktabfällen bedeckt.

Dicht an den Häuserwänden entlang, soweit möglich stets im Schatten, huschten die beiden bis zur Frauenkirche. Zwischen ihnen und der Kirche mündete eine Straße ein: ein freies Stück, das ihnen keine Deckung bot. Martin ließ den Blick über den Marktplatz schweifen, doch er konnte niemanden sehen.

»Ich zuerst!«, flüsterte er, rannte geduckt über die Straße und kauerte sich in den Schatten des Kirchenportals. Der Marktplatz blieb leer. Sie schienen Glück zu haben! Eilig winkte er Johnathan zu, der gleichfalls gebückt laufen wollte. Martin sah, wie sein Freund nach den ersten Schritten stehen blieb. Die Verletzung machte ihm zu schaffen.

Etwas erregte Martins Aufmerksamkeit. Aus einer der gegenüberliegenden Gassen drang Flackerschein. Aufgeregt winkte er Johnathan zu. Der hatte sich inzwischen glücklicherweise gefangen und humpelte weiter. Der Schein wurde rasch heller. Gottlob spendete der Vorbau der Kirche ihnen Schatten.

»Geht's?«, raunte Martin, als Johnathan ihn erreicht hatte. Sein Freund biss die Zähne zusammen und nickte.

Die Nachtwache hatte inzwischen den Marktplatz betreten. Sie trottete an den Häusern entlang, wohl um zu prüfen, ob alle Türen verschlossen waren.

»Wir müssen weg, bevor sie kommen!«, zischte Martin.

Abermals nickte Johnathan.

»Soll ich was werfen? Um sie abzulenken?«, schlug Martin vor. Doch Johnathan schüttelte den Kopf. Also rennen. Oder an der Kirchmauer entlangschleichen ...

Der Schein der Laterne wanderte zu ihnen hinüber, erreichte sie jedoch nicht. Noch nicht. Die Männer kamen näher und näher. Jetzt oder nie, dachte Martin.

»Gleich hier rein!«, zischte Johnathan. »An der Kirche entlang! Kriechen!«

Also krochen sie. Immerhin war man bemüht gewesen, den Kirchensockel einigermaßen von Unrat freizuhalten, aber trotzdem blieb das Kriechen ein Abenteuer. So flach auf den Boden geduckt, wie es die vereinzelten Kotflecken zuließen, schoben sie sich dicht an der Mauer entlang vorwärts. Besonders angenehm war diese Art der Fortbewegung freilich nicht, und Martin wollte nicht unbedingt wissen, in was für eine klebrige Masse er da gerade wieder gegriffen hatte. Immerhin weigerte sich die Nase bald, noch etwas zu riechen.

Der Laternenschein zuckte über die Prachtfassade der Frauenkirche, gerade als Martin am Portal vorbeigekrochen war. Hinter sich hörte er Johnathans Keuchen. Und die Wachen kamen näher. Weiter!

Martin sah das Eck der Kirche in Reichweite vor sich. Hoffentlich hielt Johnathan durch …

Nun vernahm er sogar das Gemurmel der Wachen. Sie hatten nicht viel Zeit! Ein Mondstrahl verirrte sich auf dem Blatt einer Helmbarte und ließ die Schneide aufglimmen.

Das Eck der Kirche. Martin kauerte sich dahinter nieder. Ein ungünstiger Platz zum Ausharren, erkannte er nun voll Schreck: Der Mond beleuchtete die gesamte Südseite der Kirche und einen Teil der Straße dazu. Wenn jetzt einer der Wächter genauer hinsah … die Männer hatten bereits über die Hälfte des Marktplatzes hinter sich gelassen … ein Blick von ihnen, ein unachtsames Geräusch würde genügen … und Johnathan kam und kam nicht. Martin biss sich auf die Lippen, beugte sich vor und sah nach seinem Freund. Der hatte das Eck fast erreicht. Aber er keuchte heftig, mühte sich, jeden Laut zu unterdrücken, und machte es damit nur noch schlimmer.

Die Wachen verharrten. Gemurmel. War das gut oder schlecht? Redeten sie über etwas, was ihnen am Haus aufgefallen war, oder standen sie da und sahen sich um? Schließlich setzten sie ihren Weg fort.

Irgendwo begann ein Hund zu bellen, es hallte über den Marktplatz. Die unzähligen streunenden Hunde der Umgebung fielen in das Gebell ein, und für eine Weile wurde der Stadtteil von einem Höllenlärm erfüllt.

»Los!«, zischte Martin. »In den Schatten!«

Johnathan sammelte seine Kräfte und rannte ums Eck.

Martin spähte nach den Wachen aus. Sie durften nur nicht gerade dann herübersehen, wenn sie über die Straße eilten …

Er fasste sich ein Herz und stürzte mit Johnathan im Schlepptau über die Straße. Und erreichte den Schatten. Erleichtert atmete er auf. In Sicherheit waren sie aber noch lange nicht. Weiter!

Sie schlichen die Straße hinunter, nahmen die nächste Abzweigung in Richtung Fluss und erreichten die Spitalbrücke, ohne aufgehalten zu werden. Am Gesträuch des Flussufers sank Johnathan zusammen und schlug die Kapuze seiner Gugel zurück. Sein Gesicht wirkte im Mondschein totenbleich.

»Geht's?«, fragte Martin. Johnathan nickte und schöpfte Atem.

»Zu viel rumgelegen«, sagte er mit einem schwachen Lächeln. »Aber jetzt sind wir ja am Ziel!«

Das waren sie. Martin ließ seinen Blick über die Straße, das Ufer, die Brücke wandern – da war kein Mensch. Nur mehrere Katzen und ein neugieriger Hund, den Martin mit einem Stockhieb verscheuchte, streunten vorbei.

»Kommen noch«, sagte Johnathan.

Sie mussten sich gedulden. Johnathan nestelte an seinem Verband herum und verzog das Gesicht, Martin beobachtete die Umgebung und horchte auf das Gluckern und Plätschern der Regnitz, die an den Brückenpfosten kleine Strudel bildete. Das Rauschen des Wassers, die gedämpfte Helligkeit des Mondes, all das schläferte ihn beinahe ein. Sein Kopf drohte bereits, auf seine Brust zu sinken, da schrak er hoch. Eine einzelne Gestalt war vor die Brücke getreten und wartete mit in die Hüften gestemmten Armen.

»Das ist er!«, raunte Martin.

»Muffel?«, fragte Johnathan zweifelnd. Martin nickte. Im Mondlicht gewahrte er den Bart des Mannes, dessen schwarze Gewänder die Finsternis geradezu aufzusaugen schienen. Nun drehte er ihnen den Rücken zu und beobachtete die Straßen, wohl in der Annahme, dass sie von dort kommen würden.

»Gehen wir!«, zischte Martin. Doch Johnathan blieb misstrauisch.

»Ist er es wirklich?«, fragte er.

»Wenn ich's doch sage! Komm!«

Und damit stand Martin auf. Da vorn stand ihre Rettung. Er hatte keine Zeit für Argwohn und Ausharren.

Also ging Martin mit Johnathan im Gefolge auf die Straße hinaus, auf den Mann zu. Der drehte sich um, sah Martin und Johnathan, trat auf sie zu. Martin blickte in das gegen den Mond kaum erkennbare Gesicht. Aber das war ja gar nicht Muffel!

Er sah den Schlag nicht kommen. Eine Faust traf seine Schläfen mit solcher Wucht, dass er zurücktaumelte und ihm schwindelte. Gleichzeitig stürmten zwei weitere Männer aus dem Verborgenen hervor. Die Jungen wurden gepackt und gegen das Brückengeländer gestoßen, dass sie vornüber kippten und spuckten. Johnathans Schmerzensschrei wurde rasch erstickt. Martins Stock klapperte über die Brücke und fiel ins Wasser.

»Er ist verletzt!«, stieß Martin hervor. »Seid …«

Doch da wurde er schon mit einem Knebel zum Verstummen gebracht.

»Ertränken wir sie gleich?«, fragte eine Stimme leise. Das Zischen, das als Erwiderung erklang, bedeutete wohl Nein – jedenfalls warf man sie nicht in den Fluss. Stattdessen wurden sie fortgeschafft, in ein Haus hinein, das einen Keller besaß. Man band ihnen die Füße zusammen und ließ sie im Finstern liegen. Gefesselt und geknebelt blieb den beiden nichts anderes übrig, als sich ihrem Schicksal zu fügen.

Tödliche Fluten

Tage hatte der Ritt nach Bamberg gedauert, und nun endlich konnte der Bote Bericht erstatten. Nach kurzer Beratung brach er in Begleitung eines Mannes wieder auf. Die beiden Reiter beeilten sich, doch der Weg von Bamberg nach Nürnberg war weit. Sie trugen wichtige Nachricht betreffend den Schneiderjungen Martin Gunrabe, in Nürnberg bekannt als Holger, und den Judenknaben Johnathan. Sie rasteten in jener Nacht, als Martin und Johnathan gefangen genommen wurden, noch weit von den Toren Nürnbergs entfernt.

Sie hatten jedes Zeitgefühl verloren. Martin war wohl irgendwann eingeschlafen. Etwas Weiches, Kaltes, was gegen seinen Rücken drückte, hatte ihn schließlich geweckt. Erst nach einer Weile begriff er, dass dieser kalte Klumpen nichts anderes als seine gefesselten Hände waren, die ganz und gar taub geworden waren – er hatte sich im Schlaf auf den Rücken und damit auf die Hände gelegt, und die Fesseln hatten daraufhin das Blut abgeschnürt. Hastig drehte er sich auf die Seite und bemühte sich, die Finger zu bewegen. Ihn überkam die grauenhafte Vorstellung, ihm könnten die Hände vielleicht gänzlich absterben …

Doch dann verspürte er das leichte Kribbeln des Blutes, das – zu kleinen Teilen zwar nur, aber immerhin – wieder zu zirkulieren begann. Es war fast unangenehmer als die Taubheit. Dazu kam das Gefühl in seinem Mund, der durch den Knebel trocken wie Staub geworden war. Seine Zunge spürte er gar nicht mehr, und leichte Übelkeit ließ ihn würgen.

Nicht der kleinste Lichtstrahl verirrte sich in den Keller. Nun fiel Martin auch das Geräusch auf, das ihn seit seinem Erwachen begleitet hatte. Es ließ ihm die Haare zu Berge stehen: Aus der Dunkelheit über sich vernahm er Schreie, panische, nicht enden wollende Schreie, dazwischen Hacken und Schlagen. Was geschah dort? Hatte man sie tatsächlich in das berüchtigte Lochgefängnis geworfen? Und dort oben arbeiteten die Schergen mit ihren Folterwerkzeugen?

Ihm sträubten sich die Haare. Hatte er es da nicht eben rascheln gehört? Auf einmal kam ihm Florians Geschichte von Menschen fressenden Ratten gar nicht mehr so unwahrscheinlich vor. Angst kroch in seiner Bauchhöhle hinauf und umschloss seinen Hals in kaltem Griff.

Doch da war noch etwas außer den Klängen des Schreckens: Johnathans leises Stöhnen. Wie sehr musste ihn seine Verletzung quälen, während er mit gefesselten Armen auf dem Steinboden lag. Gerade wurde Martin von Schuldgefühlen übermannt, dass er seinen Freund in diese Sache mit hineingezogen hatte, da erklang über ihm ein schabendes Geräusch. Ein helles Rechteck öffnete sich, Licht fiel auf eine Leiter. Ein Mann stieg mit einem brennenden Kienspan in der Hand zu ihnen hinab. Das Kreischen und Schreien draußen verstummte für einen Augenblick. Die hackenden Schläge jedoch nicht.

Martin drehte den Kopf zu Johnathan: Sein Freund hatte den Kopf auf die Gugel gebettet. Das schulterlange, glatte Haar quoll darunter hervor. Das Gesicht war schmerzverzerrt, die Augen hielt er fest zusammengepresst.

Der Mann packte Martin am Kragen und schleifte ihn wie einen Sack zur Leiter. Dort reichte er ihn hoch. Martin zitterte. Nun wurde er also aus dem Lochgefängnis hinauf in die Folterkammer geschafft. Er bereitete sich auf das

Schlimmste vor und machte sich vor Angst fast in die Hosen.

Der Bote und sein Begleiter gingen durch die Straßen Nürnbergs. Der Begleiter grinste grimmig. Nun würden sie der Sache endlich ein Ende machen, ein für alle Mal. Leicht hatte dieser Martin es ihnen nicht gemacht. Er beschloss, sich im Hintergrund zu halten und die anderen machen zu lassen. Sicher war sicher.

Geblendet schloss Martin die Augen. Als er sie wieder öffnete, waren da keine Zangen und Ketten, keine eisernen Schellen an den Wänden, keine Streckbank und auch sonst keinerlei Foltergerät: Sie befanden sich in einem kleinen, mit einigen Stühlen und einem Tisch ausgestatteten Raum, durch dessen Tür helles Sonnenlicht fiel. Und dort erklärten sich auch die Schreie und die anderen Geräusche, die Martin so sehr in Schrecken versetzt hatten: Vor der Tür trotteten gerade zwei Hausschweine vorbei, gefolgt von einem älteren Jungen mit einem Schlachtermesser in der einen und einem Treibestock in der anderen Hand. Im Hintergrund konnte Martin Bänke mit Innereien sehen, die gerade für die Wurstherstellung gesäubert wurden. Er befand sich in einer Knochenhauerei. Nun, da sie nicht mehr durch den Boden gedämpft wurden, erkannte Martin die Schreie auch deutlich als das Quieken von Schweinen und fragte sich, wie er das nur hatte verwechseln können.

Seine Erleichterung währte nur kurz. Zwei Männer betraten den Raum und schlossen die Tür hinter sich. Keiner der Anwesenden war Martin bekannt. Eigentlich hätte er erwartet, Florian oder Geuder hier zu sehen.

Er musste sich auf einen Hocker setzen, dann wurden ihm Knebel und Beinfesseln abgenommen. Ein gut gekleideter und wohl genährter Herr setzte sich vor ihm auf einen Stuhl und blickte ihm in die Augen. Martin sträubten sich die Nackenhaare, als er merkte, wie einer der Männer hinter seinen Rücken trat und die Finger knacken ließ.

»Ich möchte nicht unhöflich sein«, begann der Herr. »Mein Name ist Ulman. Von mir hängt Euer Leben und das Eueres Freundes ab. – Aber kommen wir zur Sache. Ihr seid hier, weil Ihr herausfinden möchtet, wer Eueren Vater umgebracht hat, nicht wahr?«, sagte der Mann mit sanfter Stimme. Und dann brüllte er, dass Martin zusammenfuhr: »Antwortet!«

Zwei kräftige Hände senkten sich auf Martins Schultern nieder. Eilig nickte er. Das Kribbeln in seinen gebundenen Händen wurde stärker, unerträglich.

»Was wisst Ihr?«

Als Martin nicht sogleich antwortete, erhielt er eine Kopfnuss. Die beiden Hände rückten ein Stückchen enger an seinen Hals heran.

»Warum ist Geuder nicht hier?«, wagte Martin zu fragen.

»Der Herr Viertelmeister hat Wichtigeres zu tun, als Euch zu befragen. Aber keine Angst, er hat uns volle Handlungsfreiheit erteilt. Und jetzt beantwortet meine Fragen!«

Also erzählte er, auch, dass er andere von seinen Nachforschungen unterrichtet habe. Der Muffel zum Beispiel habe großes Interesse gehabt.

Offenbar hatte er damit einen wunden Punkt getroffen, denn Ulman lehnte sich interessiert vor.

»Wer?«, fragte er. »Wer weiß alles davon? Muffel nicht! Den wolltet Ihr ja treffen.«

Martin starrte den Mann trotzig an.

»Andere eben«, sagte er und zuckte unter einer neuerlichen Kopfnuss zusammen. Aber er starrte auf seine Füße und schwieg verbissen. Ulman lehnte sich zurück.

»Hol den anderen!«, bellte er einem Gehilfen zu. Wenig später saß Johnathan auf Ulmans Platz Martin gegenüber. Sein Kopf war auf die Brust gesunken. Er stöhnte leise.

»Nun, Martin, der du dich Holger nennst«, hob Ulman

an. Der Wechsel vom förmlichen »Ihr« zum »du« klang aus seinem Munde bedrohlich. »Wir sind hier in einer Knochenhauerei. Hörst du das Quieken der Schweine?«

Martin nickte, ohne den Blick zu heben.

»Nun, niemand wird draußen die Schreie deines Freundes hören. Du brauchst uns nur die Namen der Mitwisser zu nennen und wie viel sie wissen, und dein Freund wird nicht leiden. Es liegt an dir.«

Martins Kopf ruckte hoch.

»Also?«

Als er nicht sogleich antwortete, klopfte Ulman Johnathan mit der flachen Hand auf die verletzte Schulter. Johnathan fuhr mit einem spitzen Aufschrei hoch.

»Mehr?«, fragte Ulman. Martins Gedanken rasten. Er konnte nicht mit ansehen, wie sie Johnathan quälten. Er fing einen warnenden Blick aus Johnathans tränennassen Augen auf, da schrie sein Freund erneut: Ulman hatte ihn an der Schulter gepackt und vergrub seine Finger in den Verband. Johnathan bäumte sich auf. Draußen veranstalteten die Schweine wie auf Kommando einen Höllenlärm.

»Es gibt keine Mitwisser!«, rief Martin verzweifelt. »Ich hab gelogen!«

Ulman ließ von Johnathan ab.

»So«, meinte er. »Und das sollen wir dir glauben.«

»Sag nichts!«, schrie Johnathan und wimmerte unter Ulmans Hieb.

»Wir können deinen Freund hier umbringen«, erklärte Ulman. »Danach kommst du dran. Nun?«

Martin schwieg verbissen. Es gab ja tatsächlich keine Mitwisser! Nur würde Ulman ihm das nun nicht mehr glauben.

Stadtrat und Viertelmeister Geuder hatte tatsächlich Wichtigeres zu tun, als sich um das Verhör der beiden Knaben zu kümmern. Für die hatte er bereits nach einem Mann aus Bamberg schicken lassen, der sich um sie kümmern würde.

Geuder ging zum Fenster und sog die Nachtluft ein. Dass er Muffel nun auch die Erlaubnis für flämische Wolle hatte geben müssen, war ärgerlich. Aber mehr würde der Ehrbare nicht bekommen. Dessen Informationsquelle befand sich nun in seiner Hand. Und es würde sie nicht mehr lange geben …

Halbwegs zufrieden warf Geuder sich seinen Mantel über und stieg die Treppe hinunter ins Erdgeschoss. Als er die eisenbeschlagene Haustür öffnete, schrak er zurück. Der Ehrbare Muffel stand vor ihm.

»Wir müssen reden«, sagte Muffel. »Sofort.«

Die Befragung dauerte noch eine ganze Weile. Endlich ließ Ulman Martin wieder zurück in den Keller schaffen, während er sich ausführlich mit Johnathan befasste. Martin vernahm die Schreie seines Freundes und Bruders zwischen dem Lärmen der Schweine, und jeder Schrei versetzte ihm einen Stich ins Herz.

Irgendwann kam ein Gehilfe mit Johnathan über der Schulter in den Keller hinab. Achtlos ließ er ihn neben Martin liegen.

»Hab nichts gesagt!«, japste Johnathan. Bevor die Klappe ihres Kerkers wieder geschlossen wurde, konnte Martin einen Blick auf das Gesicht seines Freundes erhaschen, er sah Tränen glitzern. Johnathan atmete stoßweise.

»Sie denken wirklich, es gibt noch andere, die von unserer Sache wissen?«

»Sie ... sind sogar ... überzeugt davon«, stieß sein Freund hervor. »Oh, meine Schulter! Ich halte das ... nein ... sie fürchten sich! Außerdem ... die Siegelstempel, ich hab sie natürlich ... nicht dabeigehabt. Die ... die wollen sie unbedingt haben. Oh, ist mir schlecht!«

Martin hörte ihn würgen. Dann klang es, als litte sein

Freund an Erstickungsanfällen. Wenn er doch nur etwas sehen könnte!

»Johnathan?«, fragte er verängstigt. Eine Weile vernahm er nur die Geräusche aus der Schlachterei. Ihm wurde himmelangst.

»Johnathan!«

»Geht … schon«, hörte er endlich. »Nie … so … mies …«

»Meinst du, die schonen uns? Solang sie die Mitwisser nicht kennen?«, fragte Martin ängstlich. Doch er bekam keine Antwort. Johnathan war zu erschöpft.

Die Zeit verging. Oben verklangen die Geräusche der Knochenhauer: Also wurde es Abend. Johnathan beruhigte sich ein wenig. Gelegentlich vernahm Martin einen trippelnden Laut neben seinem Kopf. Ratten und Mäuse gehörten zum festen Bestandteil jeder Schlachterei. Glücklicherweise interessierten die sich aber nur für Fleisch, das bereits tot war.

Irgendwann wurde die Klappe wieder geöffnet und Martin und Johnathan hochgeschafft, geknebelt und wie Säcke über die Schultern von zwei Gehilfen geworfen. Dann verließen sie die Schlachterei. Unbehelligt erreichte der kleine Trupp eine Brücke: Martin hörte das Plätschern von Wasser.

Ein edel gekleideter Mann eilte mit zwei Begleitern durch die nächtlichen Straßen Nürnbergs zur Knochenhauerei. Zu spät: Martin und Johnathan hatte man bereits fortgeschafft.

Am Flussufer wurden die beiden auf die Beine gestellt. Man löste ihre Fesseln, nicht jedoch die Knebel. Das Blut schoss mit schmerzhaftem Kribbeln in die Hände zurück. Martin spürte eine Messerklinge, die ihm zur Warnung an den Hals gehalten wurde und gleich darauf wieder verschwand.

»Ausziehen!«, befahl Ulman. »Man wird denken, ihr wäret bei einem unvorsichtigen Bad im Fluss ertrunken.«

Martin starrte ihn entsetzt an, wollte etwas sagen, aber der Knebel hinderte ihn daran. Er sah Messer in den Fäusten der Männer, die dicht genug standen, um jeden Fluchtversuch zu vereiteln, selbst einen beherzten Sprung in die

Fluten. Zumal Johnathan kaum noch die Kraft hatte, aufrecht stehen zu bleiben. Also tat er wie ihm geheißen. Seine Arme waren bleischwer, als er erst seine Sachen abstreifte und dann Johnathan half. Die letzten Augenblicke zwischen Leben und Tod ... dass es so enden sollte ... Er sah zu Johnathan hinüber. Das letzte Mal, als sie beide in einem Fluss gebadet hatten, waren sie mit knapper Not einem Bauern entkommen. Diesmal würden sie nicht solches Glück haben.

Auf Ulmans Befehl hin knieten sie sich hin. Kräftige Hände umschlossen von hinten ihre Kehlen. Die Knebel wurden gelöst. Vor ihnen zog eilig die Regnitz vorbei, deren Wellen gelegentlich im Mondlicht glitzerten.

»Ihr könnt euer Leben noch retten«, hörte er Ulman sagen. »Nennt uns die Namen.«

Martin biss sich auf die Lippen. Aus den Augenwinkeln warf er einen letzten Blick auf seinen Freund. Gleich würde er vor den Allmächtigen treten, und der würde über ihn urteilen. Gleich wäre er im Himmel ... bei Chunrad ... doch lange hatte er keine Beichte mehr abgelegt ... vielleicht zu lange ... Panik kroch durch seine Adern wie zähes Feuer: keine Beichte – keine Beichte! Also – Hölle, Fegefeuer ... Qualen ... Er durfte noch nicht sterben! Er musste beichten! Plötzlich spürte er tiefe, ehrliche Reue für all die Sünden, die er begangen hatte ... aber es waren ihrer so viele ... unzählige ... und er bekam keine Beichte mehr, musste die Sünden mitnehmen in den Tod ... Nein!

Die Hände drückten zu. Es war seltsam: Martin hätte es sich schlimmer vorgestellt, erdrosselt zu werden. Ihm blieb einfach die Luft weg, und Augenblicke lang geschah gar nichts. Dann begann sein Körper zu zucken, doch noch immer spürte er keinen Schmerz. Unwillkürlich versuchte er, die Hände fortzuschlagen, ohne Erfolg. Ihm wurde schwarz vor Augen – und der Druck verschwand. Martin stürzte vornüber ins Ufergras, röchelte, hustete, griff sich an den Hals. Was war nun? War er doch nicht tot? Im Himmel war er jedenfalls nicht, für die Hölle war es entschieden zu kalt hier, und vor den Schöpfer war er ebenso wenig getreten.

Als er die Kontrolle über seinen Körper wiedererlangt hatte, sah er zu Johnathan hinüber. Der krümmte sich noch, war aber am Leben. Sie lebten!

Kaum hatten sie sich einigermaßen gefangen, wurden sie wieder geknebelt und gebunden, und es ging denselben Weg zurück, den sie gekommen waren.

Wenige Schritte stadteinwärts blieben die Männer plötzlich stehen. Der Schein einer Laterne fuhr über die Gruppe. Schnell traten die Gehilfen, die Martin und Johnathan an den Fußknöcheln gepackt über den Schultern trugen, zurück und ließen die anderen Männer vor. Ein weiterer Mann, der auf dem Hinweg noch nicht dabei gewesen war,

Martin aber bekannt vorkam – allerdings konnte er ihn ob der Dunkelheit nicht genau erkennen –, glitt in den Schutz der Schatten.

»Ach, Ihr seid es, Meister Ulman!«, sagte eine erstaunte Stimme. Es war der Anführer eines Wachtrupps mit seinen Männern. Martin reckte den Hals. Die Gelegenheit! Aber sein Träger hatte sich so hingestellt, dass Martin nicht gesehen werden konnte.

»Wir haben seltsame Geräusche an der Brücke gehört. Wart Ihr das?«

»Grüße, Bäckersmeister! Nun, da habt Ihr uns«, erwiderte Meister Ulman. Martin wand sich erfolglos im Griff des Gehilfen. Mit gefesselten Armen konnte er erst recht nichts ausrichten. Er versuchte zu schreien – immerhin drang ein hörbares Brummen durch den Knebel – und machte schmerzhaft mit der nächsten Häuserwand Bekanntschaft, als sein Träger rasch einen Schritt zurücktrat.

»Ihr hört ja«, fuhr Ulman seelenruhig fort, »die Lehrjungen haben ein ernstes Problem.«

»Euere Lehrjungen?«, fragte der Bäckermeister neugierig und versuchte, einen Blick an Ulman vorbei zu erhaschen, aber der füllige Herr versperrte ihm geschickt die Sicht.

»Nun, ein kleiner Umtrunk … Ihr versteht … der Fluss war gerade sehr günstig, das Bad konnten sie gebrauchen! Man sollte eben sein Maul nicht zu weit aufreißen und es mit mehr Bier füllen, als einem bekommt.«

Der Bäckermeister und Anführer des Wachtrupps lachte.

»Ja, die Jugend! Überschätzt sich immer«, rief er fröhlich. »Gut, Meister. Aber nun geht zu Euerer Fleischhauerei, damit die braven Leut ihre Nachtruhe haben.«

»Wollen ja keine betrunkenen Lehrlinge auf unseren Straßen«, stimmte Ulman zu. »Wir gehen schon. Euch noch eine geruhsame Nacht!«

»Nicht so geruhsam wie die Euere, fürchte ich«, erwiderte der Bäckermeister seufzend. Dann ging die Nachtwache ihrer Wege.

Damit war die letzte Fluchtmöglichkeit dahin. Gott wollte es so, dachte Martin. Rätselhaft genug, dass sie nicht erwürgt worden waren.

In der Fleischerei wurden den beiden Jungen wieder die Fesseln gelöst und die Knebel entfernt. Verrückt, dachte Martin. Hin und her.

Man packte sie im Nacken und führte sie ins nächtliche Kontor, das von mehreren Kerzen und einem qualmenden Talglicht erhellt wurde. Viertelmeister Geuder persönlich saß hinter dem Kontortisch. Neben ihm stand ein weiterer Mann und sah sie überrascht an.

Martin blieb fast das Herz stehen. Der Mann war kein anderer als der Bamberger Schmiedemeister Gundolf Kupferschlager, jener, dem Martin die Verhaftung seiner Familie und seine eigene Lage zu verdanken hatte.

»In einem ungewöhnlichen Aufzug kommt Ihr da«, bemerkte Kupferschlager.

»Euere Nachricht erreichte uns im letzten Augenblick«, sagte Ulman, an Geuder gewandt. »Ein bisschen später, und die beiden wären beim Baden ertrunken. Die Unvorsichtigkeit der Jugend.«

Während Geuder mit ausdruckslosem Gesicht dasaß, lachte Kupferschlager. Er musterte Johnathan.

»Und dieser Hänfling ist unser jüdischer Freund, mal nicht in Seide«, brummte er. Johnathan stierte mit glasigem Blick vor sich hin. Wahrscheinlich nahm er gar nicht mehr wahr, was um ihn herum geschah.

»Und Euch kenne ich ja auch bereits«, fuhr der Schmied an Martin gewandt fort. »Damals wollte ich Euch sogar vom Fieber heilen. Ihr wisst das sicher noch. Wenn ich mich recht erinnere, wart Ihr schwer krank von einem Bad im Fluss. Welch Ironie des Schicksals.«

Martin senkte den Kopf. Damals hatte Kupferschlager ein seltsames Ritual vollzogen, damit er gesundete.

Der Schmied kam um den Tisch herum auf sie zu.

»Wäre doch zu schade, wenn Ihr sterben müsstet. Nur weil Ihr aus Dummheit beim Baden ertrunken seid«, brummte Kupferschlager. Er packte Martin an der Schulter. Betont langsam ließ er seinen Blick an der Gestalt des Jungen hinunterwandern. Es war Martin, als würde er von einer glühenden Zange gestreift. Mehr denn je wurde ihm bewusst, dass er diesem Mann auf Gedeih und Verderb ausgeliefert war. »Behauptet wenigstens Herr Geuder hier.«

Martin rang sich ein Nicken ab.

»Nun, das wäre zu schade. Zu Euch werde ich nichts sagen«, wandte er sich an Johnathan. »Aber da Ihr Martin so sehr am Herzen liegt, wäre es wohl schade um Euch.«

Martin betrachtete das Profil des Schmieds. Sein Bart glänzte im Licht der Kerzen, sein faltiges Gesicht wirkte zerfurchter denn je. Dieser Mann hatte ihren Tod gewollt. Aber etwas oder jemand hatte ihn abgehalten.

»Es ist gut, Meister Kupferschlager«, ließ sich Geuder vom Tisch her vernehmen. Kupferschlager deutete ein kaltes Grinsen an, ließ von Martin ab und trat zurück. Martin atmete auf.

»Nun, Holger«, begann Geuder. »Nun, nun, nun. Es ist wahrlich Euer Glück, dass Ihr mich mit Herrn Muffel angetroffen habt.« Martin horchte auf. Er spürte Kupferschlagers bösartigen Blick auf sich lasten und ahnte, dass er von dem Schmied nichts zu befürchten hatte, sondern von diesem fein gekleideten Herrn mit der ruhigen Stimme: Denn nicht Kupferschlager richtete über sein Leben, sondern Geuder.

»Nun gut«, fuhr Geuder fort. »Herr Muffel hat mich davon überzeugt, dass es besser ist, Euch am Leben zu lassen. Ihr habt meinem Herrn Kollegen geholfen, wohl ohne es selbst zu ahnen, und nun möchte er sich dafür erkenntlich zeigen und hat mich gebeten, Euch am Leben zu lassen. Da habe ich mich entschlossen, meinem Kollegen den Gefallen zu tun.« Es war dem Ehrbaren deutlich anzusehen, wie unwohl ihm bei den letzten Worten war: Muffel hatte nicht um Martins Leben *gebeten*. Vielmehr hatte er es *gefordert*. Er schützte seinen Informanten, dem er zu verdanken hatte, dass er Geuder als Mitwisser der Bamberger Sache auf die Schliche gekommen war.

»Also. Ich mache euch beiden ein Angebot«, fuhr Geuder fort. »Ihr kehrt zurück. Beide. Sofort. Ihr, Holger, bekommt Euere Frau Mutter und Eueren Bruder frei. Aber Ihr müsst mit Euerer Familie Bamberg verlassen. Selbst unsere Macht und die von Herrn Kupferschlager und seinen Bamberger Herren reicht nicht aus, um einen Schuldspruch zu einem Freispruch zu machen. Doch können wir Kerker und Scheiterhaufen in einen Bann umwandeln, in einen Bann, der es Euch ermöglicht, hier in Nürnberg zu leben. Ihr erhaltet das Nürnberger Bürgerrecht, Euere Ehre wird hier unbefleckt sein. Von unseren Leuten bekommt Ihr weiterhin ein Haus, wie Ihr eins in Bamberg besaßet, und arbeitet weiter bei Walrabe. Fortan zwar als Lehrjunge, aber mehr wart Ihr auch in Bamberg nicht. Dafür, dass der Rat Euch in Frieden lässt, werden wir sorgen. Dafür, dass der Muffel Euch in Frieden lässt, werdet Ihr sorgen, aber das dürfte nicht schwer sein. Dafür, dass Euere Familie unbehelligt bleibt und Ihr nach Nürnberg kommen könnt, belasst Ihr es bei den Nachforschungen über den Tod Eueres Vaters: Macht Eueren Mitwissern klar, dass Ihr irrtet.« Geuder lehnte sich zurück. »Euer Vater starb bei einem Überfall gewöhnlicher Räuber. Ihr seid keine Ketzer mehr. Euer Freund darf leben. Der Verschwörer Kupferschlager ist vergessen, und Herr Geuder gleichfalls. Die Siegelstempel bekommt der Herr Schmied zurück, sobald Euere Mutter und Euer Bruder in Freiheit sind und Ihr in Nürnberg eingezogen seid.«

Martin wankte. Das hatte er nicht erwartet. Gerade noch am Rande des Todes, nun vor der Freiheit ... Allerdings, dass er die Schuldigen am Tod seines Vaters nun nicht mehr bestrafen konnte ... und nach Nürnberg ziehen musste ... in Walrabes Werkstatt ...

»Schlagt ein oder geht baden«, warf Kupferschlager ein. Geuder machte eine beschwichtigende Handbewegung.

»Er?«, Martin machte eine Kopfbewegung zu Johnathan.

»Kann mit Euch zurückkehren. Wie ich sagte. Solltet Ihr es Euch aber irgendwann anders überlegen, solltet Ihr noch einmal mit Muffel über diese Sache sprechen, dann brennt der Judenhof. Und Ihr allein, Martin, Ihr werdet schuld daran sein. Allerdings werden wir Euch dann wohl schon unter unsere Fittiche genommen haben. Mit Todesfolge.«

»Wer ... wer garantiert mir ...«

»Ich schwöre. Bei meinem Leben, bei Gott dem Allmächtigen. Auch Meister Kupferschlager wird schwören, bei seinem Leben, beim Leben seines Sohnes, bei Gott dem Allmächtigen. Bei der Bibel«, er zog ein dickes Buch hervor. »Das muss reichen. Genügt Euch das nicht, geht baden.«

»Gut. Gut. Ich schwöre. Ich vergesse alles, was war seit dem Mord an meinem Vater. Mein Vater ist bei einem gewöhnlichen Überfall gestorben. Ich schwöre.«

Geuder gab Kupferschlager die Bibel, der sie Martin mit finsterem Blick weiterreichte. Damit wurde der Schwur unverletzbar: Es war nun für Martin schlicht unvorstellbar, sich gegen einen solchen Schwur zu stellen, zumal er damit sein Seelenheil unwiederbringlich verloren hätte. Im Geiste entschuldigte er sich bei seinem Vater.

Nach Geuder griff Kupferschlager die Bibel, schwor seinerseits, verlangte, dass Martin sich mit einem weiteren Schwur für Johnathan verbürgte, und ließ Johnathan, der ob seiner Erschöpfung kaum mehr eines Wortes fähig war, zusätzlich schwören. Dann trat Kupferschlager zurück.

Der graubärtige Schmied und der mächtige Viertelmeister standen den beiden zierlichen, nackten Jungen gegenüber, gegen die sich eine Wand aus bulligen Männern aufgebaut hatte. Die Jungen hatten gewonnen. Über die ganze geballte Macht, über die tödliche Bedrohung, in der sie geschwebt hatten. Sie hatten gewonnen. Beinahe vollständig, nur beinahe, aber das genügte vollauf. Dass Chunrads Tod ungesühnt bleiben sollte, erschien Martin plötzlich als billiges Zugeständnis gegen das Leben von Mutter und Bruder. Und gegen das Leben seines Freundes Johnathan. Außerdem – Nürnberg war schön.

Mechanisch nahm er ihre Kleider entgegen. Sie hatten gewonnen.

Der Schuldturm

Vor ihrem Aufbruch nach Bamberg kam Florian vorbei, um sich Anweisungen für Walrabe zu holen. Schließlich musste dem Meister schonend beigebracht werden, dass der Geselle, der sich wenigstens eine Woche lang nicht mehr blicken lassen würde, danach als Lehrjunge bei ihm weiterarbeiten würde. Martin war einigermaßen verwirrt, als Florian ihn an der Schulter packte und beinahe freundschaftlich rüttelte – unwillkürlich fuhr er zurück. Florian ließ los.

»Florian wird noch eine Weile in Walrabes Werkstatt bleiben«, ließ sich Ulman vernehmen. »Er wird Euch helfen, Euch einzuleben!«

Martin sah Florian mit zwiespältigen Gefühlen an. Florian war sein Beschützer, aber auch sein Wächter. Nun, da es nichts mehr nachzuforschen gab, würde Florian wohl mehr sein Beschützer denn sein Wächter sein. Und Martin würde einen Beschützer in dieser Stadt gut gebrauchen können. Ein Grinsen stahl sich auf Florians Gesicht, dann wandte er sich ohne ein Wort Ulman zu und ließ sich seinen Auftrag erklären.

Die Nimrods bemühten sich, sich nichts von ihrer Erleichterung anmerken zu lassen, als Johnathan sich mit tiefer Verneigung von ihnen verabschiedete und ihnen zum Dank einige Münzen in die Hand drückte. Anschließend achtete Martin darauf, dass die Gehilfen Johnathan vorsichtig auf den Karren betteten, der sie heimbringen würde.

Während der Karren in Richtung Stadttor holperte und Martin die Nürnberger Häuser an sich vorbeiziehen sah, war er noch ganz benommen von den Geschehnissen.

Wieder verspürte er ein Kribbeln im Magen, als der Wagen sich zwischen den viele Schritt dicken Sandsteinmauern des Stadttores hindurchschob. Doch dieses Mal war seine Angst vor den Torwachen unbegründet.

Je näher sie Bamberg kamen, desto mehr begann die Ungewissheit, an Martin zu nagen, ob Kupferschlager wirklich Wort halten würde. Als sie am Abend des ersten Reisetages rasteten, wandte sich der ansonsten verschlossene Schmied an ihn.

»Eines sollt Ihr hören, damit Euer Gewissen Ruhe hat.« Er blickte Martin unverwandt in die Augen. »Mit dem Mord an Euerem Vater habe ich nichts zu tun. Ich war nur ein kleiner Gehilfe bei dem Aufstand in Bamberg. Ein wichtiger kleiner Gehilfe, ja. Aber keiner, der einen Meister ermorden lässt.«

»Aber Johnathan hättet Ihr beinahe umgebracht«, warf Martin ein. Kupferschlager wiegte den Kopf.

»Euch auch«, sagte er ruhig. »Euch auch, Martin. Oder Holger. Ihr beide habt uns in Gefahr gebracht, nachträglich als Verschwörer erkannt zu werden, und das wäre *unser* Tod gewesen. Ich hätte nichts gegen Eueren Tod gehabt und hätte auch jetzt noch nichts dagegen, wenn Herr Geuder nicht für Euer Leben entschieden hätte. Aber an Meister Chunrad Gunrabes Tod trifft mich keine Schuld. Seinen Tod haben andere beschlossen.«

»Wer? Sagt mir, wer, wenn Ihr schon behauptet, unschuldig zu sein!«

Martin spürte, wie kalte Wut in ihm aufstieg. Doch Meister Kupferschlager lachte.

»Ihr habt geschworen, die Sache auf sich beruhen zu lassen. Ich habe geschworen, Euer Leben, das Eueres

Freundes und das Euerer Familie zu schonen. Das ist ein gerechter Handel. Lassen wir ihn gelten bis in alle Ewigkeit!«

Martin sah ein, dass Kupferschlager so oder so der Stärkere war. Dieser Mann war nicht sein Freund. Aber hoffentlich auch nicht mehr sein Feind.

Als der Schmied schwieg, kehrte er also zu Johnathan zurück, der dicht am Lagerfeuer lag und sich wärmte.

Die hölzerne Umwehrung der Stadt Bamberg kam Martin lächerlich vor gegen die massiven Sandsteinmauern Nürnbergs. Überhaupt wirkte die ganze Stadt plötzlich klein und einfach. Wie schnell sich so ein Eindruck ändern konnte! Das tröstete ihn ein wenig über die Schwermut hinweg, die der Gedanke, sein Bamberg auf immer verlassen zu müssen, in ihn gepflanzt hatte.

Aufgeregt krallte Martin die Hände in den Kittel, als ihr Gefährt auf die Stadttore zufuhr. Die Wachen ließen sie passieren, grüßten Kupferschlager, erkannten Martin. Sobald die Schmiede erreicht war, verbreitete sich die Nachricht wie ein Lauffeuer in der Stadt. Meister Kupferschlager habe Martin gefangen. Doch tatsächlich sorgte

Kupferschlager dafür, dass Martin nicht in die Fänge der Büttel geriet. Stattdessen gab es geheime Sitzungen in der Werkstatt des Schmieds, das Gericht und die Schöffen traten zusammen, der Prozess gegen Martins Mutter Kordula und seinen Bruder Thomas wurde neu angesetzt. Der endgültige Spruch gegen Kordula und Thomas stand im Übrigen noch aus, der Prozess wurde also in gewisser Weise nur fortgesetzt.

Kupferschlager und seine einflussreichen Verbündeten schafften es, aus der drohenden Todesstrafe wegen Ketzerei eine Verbannung aus der Stadt Bamberg zu machen, einen Bann, der jedoch nicht über die Mauern Bambergs hinaus reichte und die Diözese nicht berührte. Kordula Gunrab sei eine gottesfürchtige Frau. Sie habe sich zwar dazu verleiten lassen, vom rechten Weg abzukommen, aber ihre Reue sei tief und ehrlich, und also mochte man in christlicher Gnade Nachsicht üben, wenn sie allen ketzerischen Taten abschwor. Martin indes solle sich frei bewegen dürfen, bis seine Mutter in Freiheit war. Die meiste Zeit dieser Freiheit verbrachte er allerdings im Gerichtssaal, wo nun auch der Prozess gegen ihn zu Ende geführt wurde. Der Schmied legte ihm die richtigen Worte in den Mund, und so kam auch er mit dem Bann davon, nachdem er mit heiligen Schwüren seine ewige Abkehr von ketzerischen Taten versprochen hatte.

Martin konnte über den Einfluss der Verschwörer nur

staunen. Seinem Freund Johnathan, den er nach einer der elend langen Gerichtssitzungen zu Hause besuchte, ging es einigermaßen gut. Nur einigermaßen, denn Zacharias war über den Leichtsinn seines Sohnes höchst verärgert.

Johnathan vermutete, dass da wohl Geld geflossen wäre. Aber Martin wies diese Vermutung empört zurück. Verschwörer um einer Überzeugung willen, ja, aber bestechlich, das waren die hohen Herren und Meister doch sicher nicht! Johnathan grinste und zupfte an dem frischen Verband der verheilenden Wunde. Denn da war etwas, was Martin nicht wusste: Es *war* Geld geflossen, und dieses Geld hatte man sich zu diesem Zweck von dem soliden Geldleiher Zacharias geliehen – eine nicht unerhebliche Summe, wie sich Johnathan erinnerte, denn er hatte gleich nach seiner Rückkehr für den Vater die Zinsliste errechnen und die Schuldverschreibung bearbeiten müssen, bis ihm der Schweiß auf der Stirne gestanden hatte. Dass ausgerechnet jene feinen Herren, die ihn und Martin aufs Blut hassten, bei Zacharias Geld geliehen hatten, machte ihn seltsam vergnügt.

»Aber *wir* werden uns nicht mehr sehen«, sagte Martin traurig. »Ich muss ja nach Nürnberg.«

Johnathan grinste breit.

»Wir werden uns wiedersehen«, versprach er. »Sehr bald sogar!«

Mehr verriet er nicht.

Dann endlich war es so weit. Das Gericht bestimmte, Kordula und Thomas am selben Tage aus dem Kerker zu befreien, damit sie Zeit hätten, binnen zweier Tage mit ihrer Habe die Stadt zu verlassen. Als Martin mit seiner kleinen Schwester Helena an der Hand, die er bei den Dominikanerinnen abgeholt hatte, zum Kerker eilte, zitterten ihm die Knie. Er wandelte wie ein Träumender durch die Straßen. Stand endlich vor dem hohen, abweisenden Schuldturm. Von den ganzen Bekannten, von seinem alten Bamberger Meister, von der Agnes Schamelsdorf, von ihnen und all den anderen nahm er kaum Notiz. Die halbe Stadt hatte sich zu diesem Ereignis am Schuldturm versammelt, und als Martin ankam, traten die Menschen beiseite, bildeten eine Gasse und fielen in betretenes Schweigen.

Noch war das eisenbeschlagene Tor fest verschlossen. Martin schluckte. Ein Büttel kam herbei und sperrte es mit einem großen Schlüssel auf. Ging hinein. Die offene Tür präsentierte sich wie ein unergründlicher Schlund.

Dann erschienen zwei auf den Büttel gestützte Gestalten. Helena stürzte mit einem Freudenschrei auf sie zu.

Martins Knie wurden weich. Er stakste auf die beiden

zu. Kein Laut war aus der Menge zu vernehmen. Man konnte einen Maikäfer quer über die Köpfe der Menschen brummen hören.

Er fiel seiner Mutter in die Arme. Sie war dünn. Nein, nicht einfach nur dünn: Sie war vollkommen ausgemergelt, mit tief eingefallenen Augen und Schorf auf der Haut. Doch all das sah Martin nicht. Er umarmte Kordula fest und innig und konnte nicht anders, als seinen Tränen freien Lauf zu lassen. Und seine von Dunkelheit und Hunger ausgezehrte Mutter neigte ihren Kopf an den seinen und begann gleichfalls zu weinen, während Thomas und Helena ihre Köpfe zwischen sie legten. Nun endete das Schweigen der Menge. Ein ohrenbetäubendes Johlen und Klatschen brandete um sie herum auf. Wie ergreifend. Wie großartig. Nur Pfarrer Stephanus stand ein wenig verloren da, obgleich er Frau Kordula Gunrabe zu ihrem Abschwur von der Ketzerei doch gratulieren wollte. Ganz hinten wartete Johnathan mit seinen Eltern, und auch ihm standen die Tränen in den Augen.

Als sich Martin nach langer, langer Umarmung löste, war er der glücklichste Junge auf Erden.

Der Schmied Kupferschlager und die anderen Verschwörer hielten Wort, wenngleich vermutlich nur, da der mächtige Ehrbare Geuder es so beschlossen hatte. Die Fahrt nach Nürnberg verlief ereignislos, und als die Stadt in Sicht kam, erschien sie Martin prächtiger denn je zuvor. Fest umarmte er seine Mutter, die in weiche Decken eingeschlagen auf dem Wagen saß und selbst staunte. Das Haus, das sie bekamen, war zwar kleiner als jenes in Bamberg, aber es hatte gleichfalls eine Werkstatt im Erdgeschoss. Martin freute sich darauf, sie in Betrieb nehmen zu können, sobald er ausgelernt hatte. Was seine Lehrzeit bei Walrabe betraf, so begann sie mit einem langen Gespräch mit dem Meister, aus dem Martin als vollwertiger Lehrjunge hervorging. Florian warf ihm zur Begrüßung einen Ballen Stoff in die Arme, mit den Worten »will Christian von uns ausgemessen haben«, und zwinkerte ihm zu. Doch am größten war Martins Erstaunen, als er eines Abends Johnathan vor der Werkstatt auftauchen sah – in jenem unauffälligen Alltagskittel, den er stets in Bamberg getragen hatte, um nicht gleich als Jude erkannt zu werden.

»Zacharias hat gemeint, ich müsste mal aus dem heimischen Mief raus«, erklärte er Martin freimütig, als sie an der Spitalbrücke am Fluss saßen und das Geschehene besprachen. »Er hat mich zum Nachbarn von Nimrods gesandt, der ist Geldleiher. Da werde ich jetzt arbeiten, für die nächsten Jahre.«

Martin jubelte vor Freude. Irgendwann gestand Johnathan ihm: »Ich hab Heimweh. Und ich sehne mich nach meinen Eltern. Jetzt musst du mir helfen.«

Martin erklärte sofort, er würde für Johnathan durch die Hölle gehen, falls das etwas helfen sollte. »Schließlich sind wir Brüder!«, rief er. Johnathan grinste. Und sie waren glücklich.

Nur die volle Wahrheit um den Mord an Chunrad, die würde auf immer ein Geheimnis bleiben. Doch das erschien Martin plötzlich als eine ganz und gar unwichtige Sache.

Er hatte seine Familie wieder. Und Johnathan dazu.

Die Zeit der Angst war vorbei.

Anhang

Während die Handlung dieses Buches ausschließlich der Phantasie entsprungen ist, wurde bei der »Kulisse« auf historische Stimmigkeit Wert gelegt. Allerdings sind der Konflikt zwischen Bamberg und Nürnberg sowie die Verschwörung frei erfunden – wobei es tatsächlich Spannungen zwischen der Reichsstadt Nürnberg und dem Bischof von Bamberg gegeben hat. Auch hat der Handwerkeraufstand von 1349 tatsächlich stattgefunden, und ebenso wurde das **Judenviertel** samt seiner Einwohner wie dargestellt niedergebrannt, um dem Marktplatz und der Frauenkirche zu weichen. Wurde in der europäischen Geschichte immer wieder die angebliche Geldgier der Juden verurteilt, mutet das doch sehr scheinheilig an, wenn man bedenkt, dass bis heute Geld und Profit unser wichtigstes Maß für das Ansehen einer Person sind und nicht etwa die eigentlichen Werte wie sozialer Einsatz oder Vernunft.

Martin flieht zu Beginn der Geschichte nach Nürnberg.

Für ihn, der keine andere Stadt außer Bamberg kennt, ist hier vieles neu und ungewöhnlich. Und tatsächlich war Nürnberg eine außergewöhnliche Stadt: Sie war Zentrum des Handels und ist als gewerbereichste Stadt Deutschlands im Spätmittelalter bekannt. Dabei waren es weniger die Schneider, sondern vielmehr die Weber und Färber, für die die Stadt nach dem Schmiedehandwerk berühmt gewesen ist. Weber wie Färber wurden unter dem Namen **Färber** verstanden. Die **flämische Wolle** war qualitativ besonders hochwertig und wurde auch im Gebiet des heutigen Deutschland gewonnen. Nürnberg war durch Handel und Handwerk reich und konnte sich Dinge leisten, von denen kleinere Städte nur träumen konnten – eine Mauer aus Sandstein beispielsweise.

Auch war Nürnberg eine freie Reichsstadt. Sie besaß keinen Fürsten und keinen Bischof als unmittelbar regierenden Stadtherren, sondern einzig ihren Stadtrat und den König als Oberhaupt. Was für die einfachen Bürger aber nicht unbedingt besser war: Der Reichtum Nürnbergs hatte einen hohen Preis.

Im ärmeren, von seinem Bischof regierten Bamberg waren die Gewerke in **Zünften** organisiert, Gruppen, die das Interesse ihres Handwerks gegenüber den anderen Zünften, gegenüber der Stadt und den Fürsten vertraten. In Nürnberg gab es diese Zünfte nicht mehr: Sie waren nach dem Handwerkeraufstand von 1349 abgeschafft worden. Stattdessen wurden die Handwerker vom Stadtrat kontrolliert, und zwar ziemlich rigoros. So war es ihnen verboten, eigene Versammlungen abzuhalten, da die **Ehrbaren** befürchteten, die Handwerker könnten bei diesen Zusammenkünften heimlich neue Zünfte bilden und vielleicht wieder einen Aufstand anzetteln. Die Ehrbaren selbst waren oft Stadträte und Viertelmeister, eine Art Bürgermeister für ein bestimmtes Stadtviertel. Später erhielten sie den heute noch bekannten Namen **Patrizier**.

Sie waren auch häufig Kaufleute mit eigenen Handelshäusern, wie der Ehrbare Geuder in diesem Buch. Diese Handelshäuser arbeiteten als **Gezeugverlage**: Sie stellten den Werkstätten die Rohstoffe für ihre Arbeit zur Verfügung – einer Schneiderei beispielsweise Garn und Tuche – und gaben dann dort bestimmte Produkte in Auftrag. Da sie die Rohstoffe stellten, konnten sie die fertigen Waren der Werkstatt günstig abkaufen und teuer in alle Welt weitervertreiben.

Doch die Werkstätten arbeiteten nicht nur im Auftrag der großen Handelshäuser, die den Ehrbaren gehörten, sie wurden auch streng von den Ehrbaren kontrolliert. Für besonders wichtige Handwerkszweige gab es Verbote, die Stadt zu verlassen oder außerhalb Nürnbergs zu arbeiten, damit die »Betriebsgeheimnisse« und Fertigungstechniken der Nürnberger Handwerker nicht an andere Städte oder Handelshäuser verraten werden konnten. (So verhielt es sich beispielsweise mit dem Metallhandwerk, für das Nürnberg besonders berühmt gewesen ist. **Plattner** sind übrigens Waffenschmiede.) Man ging sogar noch weiter: Der jüngere der beiden Bürgermeister Nürnbergs bekam sämtliche Briefe der Handwerker, die von oder nach Nürnberg gesendet wurden, zu lesen.

Mit der **Arbeitszeit** nahm man es nicht so genau: Gearbeitet wurde in einer Werkstatt meist so lange, wie es der Meister tat, von Sonnenaufgang bis Sonnenuntergang, im Dezember bis zu acht, im Juni bis zu sechzehn Stunden, Tag für Tag, außer sonntags. Das Wochenende wurde durch das samstägliche **Angelusläuten** am Nachmittag eingeläutet. Dafür gab es viele Feiertage – rund hundert im Jahr – und mehr oder weniger viele kleine Pausen. Nachtarbeit war wegen der Brandgefahr streng verboten.

Noch heute begegnet man gelegentlich seltsam altmodisch gekleideten, ganz in Schwarz reisenden jungen Männern, die einen Filzhut und zumeist auch Wanderstock und Rucksack tragen. Dies sind **Gesellen auf Wanderschaft**. Sie dürfen sich für meist mehrere Jahre ihrer Heimatstadt nur bis auf ein paar Meilen nähern und sollen in dieser Zeit umherziehen und bei fremden Meistern arbeiten, um möglichst viel über ihr Handwerk zu lernen. Diese **Wanderschaft** kam im großen Stil erst lange nach der Handlung dieses Buches auf. Aber so wie Martin vorgibt, ein Geselle auf Wanderschaft zu sein, wurde auch schon damals gelegentlich diese Aufgabe von Meistern an ihre frisch zu Gesellen ernannten Jungen verteilt, damit sie Erfahrung sammelten und andere Fertigungstechniken erlernten.

Obwohl Nürnberg vermutlich eine ungewöhnlich saubere, reiche und moderne Stadt gewesen ist, waren die Straßen auch hier von Unrat übersät. Daher trug man **Trippen,** hölzerne Unterschuhe, in die man mit den eigentlichen Schuhen oder barfuß schlüpfen konnte.

Nachts streifte eine **Nachtwache** durch die Straßen, die sich allabendlich aus anderen Bürgern der Stadt zusammensetzte. Sie führte als Bewaffnung unter anderem **Helmbarten** mit sich, die im Grunde Hellebarden waren.

Kordula sitzt wegen Ketzerei im Bamberger Kerker. Aber hätte sie nicht als Hexe bestraft werden müssen, wo doch die **Hexenverfolgungen** typisch fürs Mittelalter waren? Die Antwort ist einfach: Sie waren es nicht. Tatsächlich kamen die Hexenverfolgungen erst im ausgehenden späten Mittelalter und dann vor allem in der frühen Neuzeit auf. Sie waren nicht typisch mittelalterlich, wie wir heute denken, sondern vielmehr typisch neuzeitlich.

Um das Mittelalter ranken sich allgemein viele Gerüchte. Vor allem die berühmten **Ritterrüstungen** sind in unserer Vorstellung ein typisches Merkmal des Mittelalters. Doch die bekannten Ganzkörper-Ritterrüstungen aus Panzerplatten mit ihren aufklappbaren Visierhelmen entwickelten sich erst im Verlaufe des Spätmittelalters und blühten zwischen Spätmittelalter und früher Neuzeit auf. Sie verschwanden dann recht bald wieder, da sie nicht nur für lange Märsche zu schwer waren, sondern auch unzureichenden Schutz gegen die sich schnell entwickelnden Feuerwaffen boten. Die Kugel eines frühen Lunten- oder Steinschlossgewehrs konnte die Panzerplatten allerdings noch nicht ohne weiteres durchschlagen.

Was dieses Buch nicht kann und nicht soll, ist die **Sprache** des Mittelalters einzufangen, denn dann würde man kaum noch etwas von den Dialogen verstehen. Daher ist es nur konsequent, gelegentlich moderne Begriffe (und natürlich ist unsere gesamte Sprache im Vergleich zur spätmittelalterlichen modern) zu verwenden, da sie Sinn oder Atmosphäre besser treffen.

Ebenso wenig stellt dieser Anhang Anspruch auf Vollständigkeit und ist kein »Begriffsverzeichnis«, soll er doch ergänzend zum Anhang in »Mauern des Schweigens« nur die wichtigsten Aspekte des damaligen Lebens erläutern. Zur ausführlicheren Information gibt es in jeder Bücherei gute Sach- und Fachbücher.

Wer mehr über andere Bücher des Autors oder über Lesungen erfahren möchte oder Links zum Thema Mittelalter sucht, der kann sich gern unter http: //www.

uhusnest.de/ oder unter http: //www.geocities.com/ uhusnest/ näher informieren!